리퍼의 평범한 하루

리퍼의 평범한 하루

JÉJÉ LIU

어느 순간부터 내가 왜 살아가는지
대체 무엇을 목표로 하는지
아무것도 알 수 없게 되었다.

뒤를 돌아보면, 옆길로 새기라도 하면,
큰일이라도 나는 것처럼
무거운 한 발 한 발을 앞으로 내디딘다.

신발 끈이 풀린 줄도 모른 채
그냥 그렇게 걸어가던 나에게
져가는 봉숭아가 말했다.

너는 여러 해를 살 수 있음에도
죽어있구나.

목차

헬렌과 슬픔 씨	8
우주비행소년 와트	23
뉴트르, 뒷골목을 지배하는 자	33
하비샴의 편지	76
누아르 마을 루미에르	85
타인의 수첩	116
리퍼의 평범한 하루	132
당신의 차례	151

Hélène et Monsieur Tristesse

헬렌과 슬픔 씨

◆

헬렌에게 인생은 장밋빛의 연속이에요. 그녀는 하얀 구름과 지붕 위 새들 그리고 길거리를 지나가는 사람들의 대화 소리를 좋아하죠. 헬렌은 우리 주변 곳곳에 숨어있는 작은 행복을 찾는 데 재능이 있는 작은 소녀입니다.

슬픔 씨에게 인생은 다 타버린 타르트 같아요. 그는 눈부신 새벽의 일출을, 맑은 공기를, 막 구운 초코 쿠키의 따뜻한 향기를 싫어하죠.

이렇게나 정반대인 두 사람은 한 블록 건너 살고 있는 이웃이었답니다.

비가 오는 어느 날, 우산을 쓰고 산책을 하던 헬렌은 슬픔 씨와 마주쳤습니다.

"비가 지독하게도 오는군. 최악이야. 음, 최악이고 말고."

"안녕하세요, 아저씨!"

"안녕하지 못해, 헬렌. 오늘은 참 우울한 하루니까. 그렇지 않니?"

"이런, 저는 오늘이 참 아름다운 하루라고 생각하고 있었는 걸요!"

슬픔 씨는 우중충한 비바람 속에서도 밝게 빛나는 헬렌의 미소가 불쾌했습니다.

"하지만 이렇게나 비가 오잖아."

"저는 비를 좋아하거든요. 비 냄새를 맡는 것도, 빗소리를 듣는 것도 정말 좋아해요!"

 말을 마친 헬렌이 우산 밖으로 손을 뻗었습니다. 미적지근한 빗방울이 톡톡 소리를 내며 손바닥 위로 떨어지자 헬렌은 간지럽다는 듯이 웃음 지었습니다.

 본인의 투덜거림에도 사라지지 않는 소녀의 미소를 보며 슬픔 씨는 아주 조금 화가 났습니다. 그는 어처구니없다는 듯 콧방귀를 뀌었죠.

 "실없긴. 이것 봐, 헬렌. 인생은 고통스러워. 늘 우리에게 후회와 분노, 실망… 그리고 슬픔을 주지! 그렇지 않아?"

 "대신 인생은 뜻밖의 만남과 고소한 바질 스콘 그리고 귀여운 고양이를 선물해 주잖아요!"

 헬렌의 노란 장화가 물웅덩이 위에서 찰박찰박 춤을 추었습니다. 슬픔 씨는 물이 튀길까 인상을 찡그리며 몸을 뒤로 뺐지요.

 슬픔 씨는 씩씩거리며 목소리를 높였습니다.

 "하지만 인생은 지루해! 오직 특별한 사람들만이 인생을 즐길 수 있는 특권을 누리지. 나머지 떨거지들은 그저 평범하고 지루

한 일상에 적응하며 살아가야 한다고! 그렇지 않아?"

헬렌은 고개를 갸우뚱거리며 슬픔 씨의 옷자락을 잡아당겼어요.

"떨거지가 뭐예요, 아저씨?"

대답을 재촉하는 헬렌의 두 눈은 호기심으로 가득 차있었습니다.

헬렌이 자신의 옷자락을 점점 더 세게 잡아당기자 슬픔 씨는 당황한 듯 눈알을 굴리며 입을 열었습니다.

"떨거지는… 나, 나 같은 놈들을 말하는 거야."

"아저씨 같은 놈이 어떤 놈인데요?"

"싫어하는 것투성이에, 매사 비관적이고… 허구한 날 주춤대기나 하는 놈. 난 그런 놈이야. 시작도 하기 전에 지레 겁먹고 포기하지. 그리고서 늘 후회를 해. 하지만 변하는 건 없어. 다른 기회가 온다고 해도 떨거지인 난 똑같이 행동할 테니까. 비참할 정도로 한심하지 않니?"

슬픔 씨는 우람한 어깨를 좁게 말고 흙탕물로 변해버린 물웅덩이를 물끄러미 바라보았습니다.

"젠장맞을 자기 개발서는 행복해지려면 하고 싶은 일을 하고 살라고 하는데… 그럼 하고 싶은 게 없는 나 같은 놈들은 행복해지기 위한 가장 기본적인 재료조차 가지고 있지 못한 거잖아. 마치 불행하기 위해 태어난 것처럼 말이야. 그냥 이대로 영원히 잠들어 버릴 수 있다면 좋을 텐데."

허리를 굽히고 서있는 슬픔 씨는 커다란 덩치에도 불구하고 한없이 작고 위태로워 보였습니다. 살랑살랑 상냥한 비바람도 그의 앞에선 큰 태풍이 된 것 같았죠.

"내가 사라져도 세상은 변함이 없겠지. 늘 그렇듯 아주 잘 돌아갈 거야. 아니, 어쩌면 나 같은 암울한 존재가 사라져서 더 화사해질지도 모르겠다."

말을 마친 슬픔 씨가 입꼬리를 비틀더니 끅끅 소리를 내며 웃기 시작했습니다. 그의 웃음소리는 서글프면서도 어딘가 체념한 듯 허망하게 주위를 물들였습니다.

슬픔 씨의 몸이 흔들리자 흠뻑 젖어버린 그의 까만 외투에서 희뿌연 물방울이 우수수 떨어졌습니다.

한참을 웃던 슬픔 씨가 웃음을 멈추고 헬렌을 바라보았습니다.

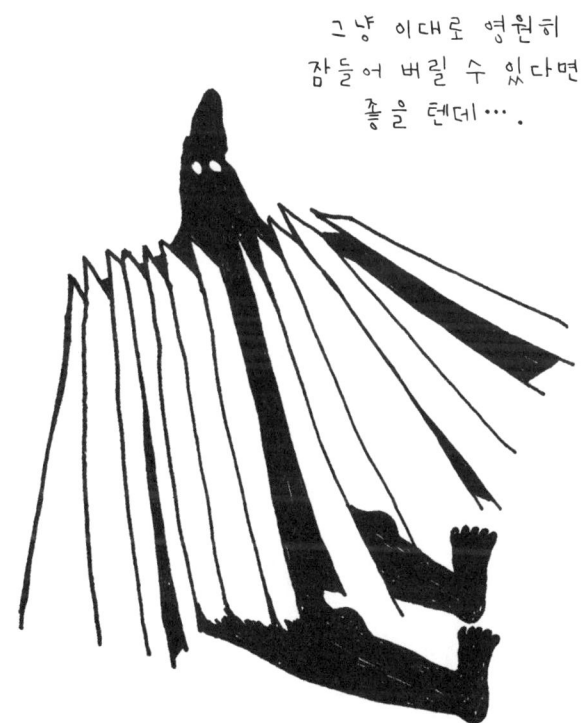

"헬렌, 너는 왜 슬퍼하지 않아? 왜 너는 네 인생을 미워하지 않지? 왜 너는? 왜 너만!"

자신의 시선을 피하지 않고 차분하게 받아들이는 헬렌의 담담한 모습에 슬픔 씨는 이내 바닥에 주저앉아 버렸습니다.

"내 인생은 늘 불행해. 하지만 너, 네 인생은 언제나 행복해 보이잖아! 이건 불공평해!"

슬픔 씨는 발을 구르며 울부짖었죠. 헬렌은 주저앉은 슬픔 씨에게 다가가 우산을 씌워주었습니다. 슬픔 씨의 얼굴은 이미 엉망진창으로 구겨져 있었습니다.

"아저씨. 저도 슬플 때가 있어요! 놀이터에서 놀고 집에 돌아가면 늘 엄마가 옷을 더럽혔다고 혼낸다고요. 그럴 때마다 얼마나 슬픈지 몰라요. 언제는 저보고 아이들은 건강하게 뛰노는 게 일이랬으면서!"

"난 엄마도, 같이 놀 친구도 없어."

"오, 이런. 아! 제가 화를 얼마나 잘 내는지 아저씨는 모르죠? 동생이 제 쿠키를 뺏어 먹으면 저도 모르게 동생 머리를 콱 쥐어박아 버린다니까요?"

"내가 너였다면 머리를 쥐어박는 걸로는 안 끝냈을 거야."

퉁명스럽게 대꾸하는 슬픔 씨를 보며 헬렌은 포옥 한숨을 쉬었습니다. 삐죽 튀어나온 슬픔 씨의 입술이 잔뜩 토라진 어린 동생을 떠올리게 했죠.

"어휴. 아저씨는 여덟 살의 삶이 얼마나 힘든지 모르실 거예요."

"그러는 너도 내가 얼마나 괴로운지 모르잖아."

"알아요! 알 것 같아요!"

헬렌이 작은 두 주먹을 양 허리에 얹고 의기양양하게 대꾸하자 슬픔 씨의 입이 어처구니없다는 듯 벌어졌습니다.

"아니! 너같이 특별한 사람은 몰라. 너같이 행복해지는 법을 알고 행복해지는 게 숨 쉬듯이 당연해서 그게 특별한 거라는 것도, 누군가에게는 아무리 노력해도 가질 수 없는 거라는 것도 모르는 사람은 절대 내 기분을 이해 못 해!"

슬픔 씨의 눈에서 검붉은 액체가 흘러나왔어요. 그 액체는 흐르고 흘러 땅바닥을 까맣게 적셨죠. 슬픔 씨를 지켜보던 헬렌은 우산을 옆에 두고 그의 옆에 가만히 주저앉았습니다.

토독 토도독-

빗방울이 헬렌의 우산 위에 내려앉으며 경쾌한 마찰음을 내었고 그 소리는 이내 차분한 빗소리에 스며들었습니다.

"아저씨. 저희 반은 이번 학예회에서 연극을 하기로 했어요. 공주와 왕자가 나오는 연극을요."

헬렌은 대꾸 없는 슬픔 씨에도 개의치 않고 말을 이었습니다.

"저는요, 제가 공주나 왕자 역할을 맡을 줄 알았거든요? 아니면 적어도 공주의 유모라도 될 줄 알았는데, 글쎄 무도회에 참석한 여자3, 길거리 나무1을 맡게 된 거 있죠? 너무 부끄럽고 짜증이 나서 집에 오자마자 엉엉 울어버렸어요."

"그럴 만도 하겠군."

고개 숙인 슬픔 씨가 얄밉게 비아냥거리자 헬렌의 눈이 샐쭉해졌습니다. 헬렌은 못 말린다는 듯 고개를 휘휘 저었습니다.

"그런데요, 엄마가 울고 있는 저를 꼭 안아주면서 말했어요. '헬렌. 마당에 있는 저 수많은 꽃들 중에서도 유독 더 강한 향기를 풍기는 꽃이 있기 마련이야. 하지만 향이 강하든 강하지 않든 꽃은 꽃이지. 향이 나지 않는 서양 난도 무척 아름다운 꽃인 것처럼 우리도 똑같단다. 서로가 가진 향이 다르기 때문에 우린 모두 다 특별한 존재인 거야.'"

"하지만 모두가 특별하다면 결국 특별한 사람은 아무도 없다는 거잖아!"

줄곧 땅을 바라보고 있던 슬픔 씨가 돌연 고개를 들더니 큰 소리로 외쳤어요. 헬렌은 그런 슬픔 씨의 어깨를 토닥토닥 다독였습니다.

서로가 가진 향이 다르기 때문에
우린 모두 다 특별한 존재인 거야.

"엄마는 남들보다 특별해야 한다는 욕심이 우리가 가진 행복의 향기를 가려서는 안 된다고 했어요."

잔잔히 불어오는 상냥한 초여름의 바람이 회색빛 비구름으로 가득 찬 하늘을 밀어내고 끝날 기미가 보이지 않던 빗방울의 춤사위도 어느새 옅어져 갔습니다.

헬렌은 무릎을 펴고 일어나 슬픔 씨의 앞에 섰습니다. 슬픔 씨는 자신에게 손을 내미는 작은 소녀를 가만히 올려다보았습니다.

"있잖아요, 아저씨. 내일은 또 다른 하루가 펼쳐진대요. 어떤 일이 일어날지 모르고 어떤 행복이 우리에게 다가올지 몰라요. 슬픈 기억은 늘 새로운 행복한 기억으로 덧칠할 수 있어요. 그게 바로 제가 인생을 미워할 수 없는 이유예요!"

우산을 쓴 슬픔 씨

Watt, un garçon d'astronaute

우주비행소년 와트

[와트, 10살, 아스트로넛 행성 거주]

안녕하세요. 저는 와트예요. 저는 코스모스 어딘가에 위치한 아스트로넛 행성에서 살고 있어요.

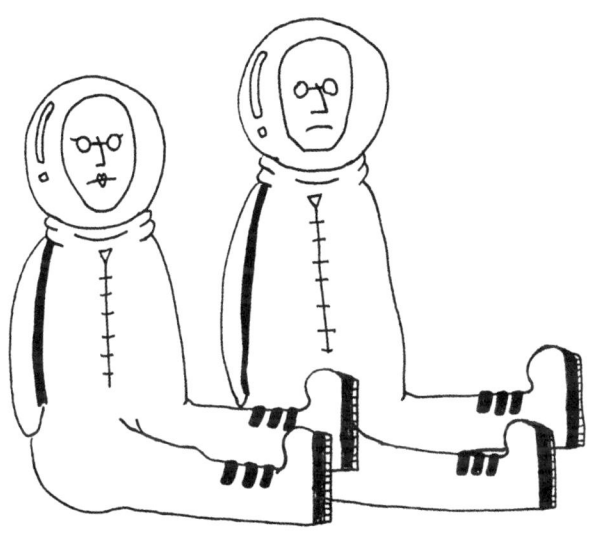

 저희 행성 사람들에게 헬멧은 굉장히 중요해요. 헬멧이 없으면 숨을 쉴 수 없거든요. 그래서 늘 헬멧 안을 건조하게 유지하기 위해 최선을 다하고 있지요.

저는 아주 어릴 때부터 울지 않는 연습을 했어요. 눈물이 가득 차 숨을 쉴 수 없게 되면 안 되니까요.

울지 못하면 답답하지 않냐구요? 아무렴요! 지금은 조금 나아졌지만 어렸을 땐 얼마나 고역이었는지 몰라요!

 제 친구 곰 인형 보의 팔이 떨어졌을 때도 저는 울 수 없었어요. 울음을 참느라 터져 나온 딸꾹질에 헬멧이 뿌예졌고 아빠와 엄마는 혹여 제가 울까 서둘러 보를 쓰레기통에 넣으며 다음 날 더 큰 인형을 사다주겠다고 했어요.

 제가 원한 건 그게 아닌데 말이죠. 부모님은 저에게 단 한 번도 괜찮은지 물어보지 않았어요. 그저 울지 말라는 말만 반복했을 뿐.

마음껏 울고 싶어서 마을을 떠난 주민들도 있어요.

어른들은 그들을 별종이라고 부르는데, 헬멧과 우주복을 벗어 던진 채 눈물을 흘리며 마을을 떠난 별종들이 이후 어떻게 되었는지는 아무도 알지 못한대요.

엄마는 그들이 질식사로 모두 다 개죽음을 당했을 거라고 했어요.

 저희들은 여러분을 외계인이라고 불러요. 푸른빛 생명이 가득한 곳에서 살고 있다면서요? 여러분의 행성에선 마음대로 울 수 있나요?

 이건 절대로 비밀인데, 사실 저도 마음껏 울어보고 싶어요. 별종들처럼 마을 밖으로 도망치고 싶을 정도로요. 하지만 그러면 분명 엄마 아빠가 실망하실 거예요.

 울고 싶지만 울면 안 돼요. 이유는 몰라요. 그냥 그렇게 배웠으니까요. 그게 옳은 길이니까요.

 그런데 왜 자꾸 마음이 답답한 걸까요?

저도 울고 싶어요.

와트의 묘비

Neutre, qui domine le monde de la ruelle

뉴트르, 뒷골목을 지배하는 자

◆

 신입 기자 에밀리는 굉장히 초조한 상태였습니다. 취직의 기쁨도 잠시, 다음번 구조 조정에서 계약직 직원들을 대거 해고시킬 거라는 소문이 돌았거든요.

 "오늘도 특종을 건지지 못하면 정말 다음 달에 잘릴지도 몰라! 망할 학자금 대출에 집세, 심지어 난 먹여 살릴 고양이만 두 마리라고!"

점심, 저녁도 거르며 자신의 가치를 회사에 증명하기 위해 발바닥에 불이 날 정도로 뉴욕 거리를 뛰어 다니던 그때, 외투 주머니 속 휴대폰이 울리기 시작했습니다. 반복적으로 울리는 벨 소리에 신경이 곤두선 에밀리는 바쁜 걸음을 멈추고 짜증 난다는 듯 휴대폰을 귀에 가져다 댔습니다.

"여보세요?"

"어이, 에밀리. 나야 폴."

전화기 너머로 탁한 목소리가 들렸습니다.

"폴? 폴 선배? 선배가 어쩐 일로 전화를 다 해요?"

"잘 지내나 궁금하기도 하고, 할 말도 있어서 뭐 겸사겸사. 너 이번에 취직했다며?"

"소문 참 빠르네요. 누구한테 들었어요?"

"메리 제인."

역시나. 에밀리는 콧방귀를 뀌며 메리 제인의 경박스러운 웃음소리를 떠올렸습니다.

"자기 잡지사로 오라고 몇 번을 꼬드겼는데도 안 넘어오더니 결국 코딱지만 한 신문사에 취직했다고 동네방네 떠들고 다니더라."

"그 선배네 회사는 질 떨어지는 가십 위주잖아요. 유명 인사 뒤꽁무니나 쫓아다니는 건 성미에 안 맞아서요."

"알다마다. 네가 누구냐. 우리의 대단하신 수석 졸업생 아냐!"

"비꼬는 거죠, 지금?"

"설마. 칭찬한 거야. 그것 보다 일은 좀 어때? 적응은 했고?"

변호사 아니랄까 봐. 폴의 노련한 화제 전환에 에밀리는 혀를 찼습니다. 그의 능구렁이 같은 말솜씨는 대학교 시절부터 유명했는데, 에밀리는 아직도 그 말솜씨 하나로 잘 먹고 잘 사는 폴의 모습에 명치가 쑤시는 기분이 들었습니다.

"…노력 중이에요."

"이런. 잘 안 풀리나 보지? 무슨 문제라도 있는 거야?"

"별일 아니에요."

"별일 아니긴. 목소리가 딱 죽기 직전이구만."

 폴의 너털웃음이 에밀리의 귓가에 맴돌았습니다. 언뜻 사람 좋아 보이는 그 웃음이 자신을 깔보는 것같이 느껴져 그녀는 부러 대수롭지 않은 듯 덤덤하게 입을 열었습니다.

"약 올릴 거면 전화 끊어요. 나 바빠요."

"급하긴. 아직 본론도 안 꺼냈다고!"

"대체 그 본론이 뭔데요?"

"에밀리, 나 너한테 부탁 하나만 하자."

"끊습니다."

"잠깐, 잠깐. 끝까지 들어봐! 너한테도 되게 구미 당기는 얘기일걸?"

 폴이 다급한 듯 소리쳤습니다. 그러나 그런 그의 외침에도 에밀리의 손가락은 단호하게 통화 종료 버튼으로 향하였죠.

"케이든 파커!"

전화기 너머로 생각지도 못한 뉴욕 주지사의 이름이 들리자 에밀리의 손가락이 반사적으로 멈추었습니다.

"우리 쪽 정보통에 의하면 그 성실한 주지사께서 요새 허름한 지하 재즈 바를 제 집 드나들 듯이 다닌대."

"재즈가 좋아졌나 보죠."

심드렁한 목소리와 달리 에밀리의 손에는 이미 수첩과 펜이 쥐어져 있었습니다. 제보를 받고 찾아갔던 곳들이 죄다 허탕이라 펼쳐진 그녀의 수첩에는 이미 빨간 줄이 빼곡히 그어져 있었습니다.

"멀끔한 놈이 재즈 바만 들어갔다 하면 두 눈이 썩은 연어 눈깔처럼 흐릿하게 돼서 나온다는데. 뭔가 냄새가 나지 않아?"

"더 말해봐요."

"조사를 조금 해보니까 파커가 드나든다는 재즈 바도 소문이 구리더라고. 흉악범, 정치계 거물들 그리고 갱단 놈들이 아지트처럼 사용한다나 뭐라나. 그런 곳이라면 마약 거래쯤이야 껌이겠지. 어때? 대박의 냄새가 풍기지 않냐?"

"선배는 파커가 마약을 하고 있다고 의심하는 거예요?"

"정확해."

"목적이 뭐예요?"

"목적? 무슨 목적?"

에밀리의 물음에 폴은 너스레를 떨며 모른 체를 했습니다.

"이혼 전문 변호사인 선배가 굳이 뉴욕 주지사를 털려는 목적이요. 시치미 뗄 생각은 하지 마요. 안 통해."

"역시 예리하다니까. 우리 후배님."

웃어넘기려던 폴은 에밀리의 단호한 대답에 돌연 목소리를 줄였습니다. 전화기 너머로 문이 닫히는 소리가 들렸습니다.

"영업 상 비밀이긴 한데, 아무래도 내가 숙이고 들어가야 하는 상황인 것 같으니… 내가 이번에 이혼 소송 하나를 맡았거든. 그런데 의뢰인이 그 폴린 파커야."

"폴린 파커? 주지사 아내요? 그럴 수가, 이혼이라니!"

폴린 파커. 전 삼류 배우이자 현 뉴욕 주지사의 아내.

 전혀 예상치도 못했던 인물의 이름이 나오자 에밀리는 두 눈을 동그랗게 뜨며 소리쳤습니다.

 "쉿! 아직 법원에 소송 신청도 넣지 않았어. 초 극비라고."

 "죄송해요. 너무 놀라서. 하지만 그 두 사람 잉꼬부부로 유명하잖아요!"

 "정계에서 쇼 윈도우 부부가 드문 일이냐."

 "그럼 조용히 이혼하면 되지 왜 소송까지 한대요?"

 "주지사 쪽이 이혼은 절대 안 된다고 버티고 있나 봐."

"이혼이 잘못인가, 뭐."

에밀리는 원치 않는 결혼 생활을 꾸역꾸역 이어나가고 있는 자신의 부모를 떠올리며 마른기침을 했습니다.

"자기 명성에 조금이라도 타격을 줄 수 있는 모든 가능성을 피하고 싶다나 뭐라나."

"잠깐. 그런데 왜 하필 마약이에요? 이혼 소송이잖아. 불륜, 외도 같은 거면 충분하지 않아요?"

"문제는 주지사 측이 결혼 생활에 충실하게 임했다는 거지. 바람도 안 피워, 가정 폭력은커녕 부부 싸움 한 번 해본 적 없대. 소송을 걸만한 구실이 전혀 없다니까."

"그런 사람이랑 왜 이혼을 하려고 하는 거래요?"

"폴린한테 애인이 있어. 사귄 지는 3년쯤 됐고."

"그럼 지금 잘못을 저지른 쪽이 소송을 건다는 거예요?"

기가 찬 에밀리가 폴에게 되물었습니다.

"잘못이라니! 내 의뢰인은 그저 사랑 없는 부부 연기를 그만두고 싶을 뿐인 거야. 진짜 사랑을 찾으려고…."

"뻔뻔하기도 해라! 이혼 위자료는 얼마나 뜯어낼 셈이죠?"

"그것까지는 죽어도 말 못하지."

"영악하긴."

억울함을 호소하는 폴에 에밀리는 헛웃음이 나왔습니다. 그가 유명인들의 뒤를 봐주고 돈을 쓸어 모은다는 소문이 사실일 것이라는 확신마저 들었죠.

"아무튼 그래서 내가 시나리오를 좀 짜봤거든? 잘 들어봐. 흠흠, 일단 사건은 뉴욕 주지사 케이든 파커가 남몰래 음침한 바에서 마약을 하고 있다는 사실을 한 젊고 유능한 기자가 알게 되는 것으로부터 시작해. 정의감 넘치는 기자는 그 사실을 보도하게 되고 삽시간에 주지사의 은밀한 비밀은 대서특필 되는 거야."

에밀리는 침을 꼴깍 삼켰습니다. 끝까지 듣지 않아도 폴의 다음 말이 예상되었기 때문입니다.

"그리고 그때 마침 주지사의 아내 폴린 파커가 이혼 소송을 내는 거지! 이혼 사유는 마약에 중독된 배우자의 가정 폭력!"

터무니없는 소리를 하는 폴의 목소리는 매우 들떠있었습니다. 에밀리는 속으로 자화자찬을 하고 있을 그를 생각하며 한숨을 쉬었습니다.

"선배 미쳤어요?"

"왜? 너는 특종 따서 좋고 나는 구실을 만들 수 있어 좋고. 상부상조 아니냐?"

"그게 중요한 게 아니잖아요! 법원에서 사기 칠 계획을 그렇게 장황하게 말하다니! 거기다 상대는 일개 회사원도 아닌 뉴욕 주지사예요! 괜히 나섰다가 기껏 얻은 직장도 잃고 감옥살이할 생각은 추호도 없다고요."

"사기가 아니라 그냥 숟가락 하나 정도 얹자는 거지! 만약 파커가 마약을 한다는 게 사실로 밝혀지면 어차피 그는 합당한 처벌을 받게 될 거야. 가정 폭력 혐의 하나 더 얹는다고 별 큰 차이 없다고."

"그 가정 폭력 혐의가 거짓말인 게 중요하죠. 그리고 왜 하필 나예요?"

"내 주변에서 네가 제일 똑똑하고 절박하니까?"

정곡을 찔린 듯 에밀리의 미간이 형편없게 구겨졌습니다.

"…어쨌든 난 이렇게 리스크 큰 일에는 동참 못 해요. 선배가 내 안위를 보장해줄 것도 아니잖아요."

"이봐, 에밀리. 정신 차려. 양심이 밥 먹여줘? 그리고 따지고 보면 네 역할은 그냥 마약하고 다니는 나쁜 정치가 놈을 잡는 것뿐이지 이혼 소송이랑은 전혀 상관이 없다니까? 나쁜 짓은 나만 하는 거라고! 게다가 일이 잘 성사되면 폴린 파커 그 부자가 너한테 무엇을 해줄지 상상이나 해봤어?"

폴은 최대한 다정한 목소리로 에밀리를 구슬리기 시작했습니다. 방금 전까지 질색을 하며 거부감을 표하던 에밀리의 두 눈이 점차 갈등으로 흔들렸습니다.

"우리 착한 후배님. 만약 파커가 마약을 하지 않고 단순히 재즈만 즐기고 오는 거라면 나도 깔끔히 물러날 생각이야. 질 싸움은 하기 싫거든. 하지만 혹시나 얻어걸린다면… 너랑 나 우리 모두 다 해피 엔딩을 맞을 수 있는 거야."

전화를 끊지 않고 있는 에밀리의 모습에 폴이 여유롭게 쐐기를 박았습니다.

"너도 잘 알잖아. 뉴욕에만 해도 수천 명의 기자가 있어. 그 많은 기자들 중 한 사회를 들썩일만한 특종을 잡는 사람이 몇이나 될까? 정의로운 기자로 이름을 날리는 사람은? 너 이번 건 잘 잡으면 승진? 그건 아무것도 아니야. 더 큰 메이저 신문사들도 널 못 가져서 안달일걸?"

퓰리처상을 받게 될지도 몰라. 폴의 마지막 말을 끝으로 에밀리는 그녀 앞에 펼쳐질 황금빛 미래를 그려보았습니다. 새롭게 이사한 넓은 집, 드레스를 입고 단상 위에서 수상 소감을 말하는 모습, 밀려오는 이직 제안 그리고 동료들의 부러움과 은근한 시샘까지! 허공 위에 동동 떠있는 그것들은 모두 저절로 입맛을 다시게 될 만큼 달콤한 성공의 잔상들이었습니다.

따지고 보면 법에 저촉될만한 행동을 하는 것도 아니거니와 오히려 사회에 큰 공헌을 하는 셈 아닐까? 에밀리는 앞니로 자신의 입술을 꽉 깨물었습니다.

"그 재즈 바, 위치는 어디죠?"

"드디어 할 마음이 들었나 봐?"

"설레발치지 마요. 가보기만 하는 거니까. 정치부 기자로서 선배의 제보가 사실인지 아닌지 확인해야 할 직업적 의무가 있거든요."

"어련하시겠어. 아무튼 수락한 걸로 알고 지금 당장 주소 보내 줄게. 잊지 마. 꼬리 잡으면 무조건 나한테 먼저 연락해. 마음대로 먼저 기사 내지 말고!"

"걱정 마요. 난 선배처럼 남 등쳐 먹고 사는 사기꾼이 아니거든요. 그러는 선배야말로 각오하고 있어요. 이게 다 뜬소문이라면 파커 대신 선배의 흑역사를 낱낱이 까발릴 테니까."

"무섭게 왜 이래! 밑져야 본전인 게임이잖아!"

"밑져야 본전이니까 일단 믿어보는 거죠. 이런 터무니없는 제보를."

내가 지금 물불 가릴 처지가 아니기도 하고. 에밀리는 지끈거리는 관자놀이를 누르며 전화를 끊었습니다.

에밀리의 시선이 전화기 화면에서 그녀 바로 앞에 있는 쓰레기통으로 옮겨졌습니다.

쓰레기가 한가득 넘친 쓰레기통 아래에는 뚱뚱한 비둘기들이 정신없이 오물을 쪼아 먹고 있었고 그 옆에는 덥수룩한 수염을 가진 노숙자가 곯아떨어져 있었습니다. 노숙자에게선 보드카 냄새가 섞인 지독한 체취가 풍겼습니다.

에밀리는 순간 그 끔찍한 악취가 온몸을 감싸는 기분이 들어 서둘러 자리를 떴습니다.

[181 W 10th NY 10014]

에밀리가 노숙자와 거리를 두고 다시금 전화기 화면을 켜자 그 새 문자 한 통이 와 있었습니다. 발신자 표시제한 번호로 전송된 문자 속에는 주소만이 간결하게 적혀있었습니다.

에밀리는 택시를 잡기 위해 골목길을 벗어나 큰길로 향했습니다. 뜀박질하는 에밀리의 얼굴은 일말의 기대감, 동시에 불안감으로 발갛게 상기되어 있었습니다.

"181 W 10th NY 10014. 여기다!"

에밀리가 도착한 곳은 그리니치빌리지 구석, 좁고 더러운 골목에 있는 허름한 건물이었습니다. 재즈 바의 핑크색 네온사인 간판이 주소 판 밑에서 요란스럽게 깜빡이며 그녀를 반겼습니다. 재즈 바가 허름한 건물 지하에 위치하고 있었기에 에밀리는 가래를 퉤 뱉고서 여기저기가 부러져 있는 좁고 가파른 나무 계단을 조심스레 내려갔습니다.

[Jazz bar Le Mort vivant]

재즈 바의 입구는 생각보다 평범했습니다. 위에서 본 천박하고 요란한 네온 간판과 달리 입구에는 수수한 나무 간판이 번듯하게 달려있었고 재즈 바임을 증명하듯 토니 베넷, 빌리 홀리데이, 존 콜트레인 같은 유명 재즈 가수의 포스터가 빼곡하게 붙어있었습니다.

에디도 내가 이걸 진짜 쓸 거라곤 생각 못 했을 거야. 에밀리는 그녀의 장난스러운 연인 에디가 취직 축하 선물로 사준 안경 카메라를 쓰며 생각했습니다.

딸랑. 문 위에 달린 작은 종이 청량하게 울리더니 열린 문틈 사이로 텁텁한 공기가 새어나왔습니다.

"실례합니다."

조심스레 안쪽으로 발을 내디딘 에밀리는 자연스럽게 보이기 위해 애쓰며 주위를 둘러보았습니다.

재즈 바는 도저히 영업을 하고 있는 곳이라고 볼 수 없을 정도로 적막이 감돌았습니다. 오직 에밀리의 인기척만이 텅 빈 바를 울렸죠.

띄엄띄엄 놓인 테이블과 의자 위로 희뿌연 먼지가 잔뜩 쌓여 있었고, 바 테이블과 찬장 가득 채워진 술병들의 상태도 별반 다르지 않았습니다. 벽 위에 있는 자그만 창문으로 바깥의 빛이 스며들었지만 그마저도 쇠창살에 가려 내부는 꽤나 어두웠습니다.

"아무도 안 계세요? 여기요!"

파커가 모습을 드러낼 때까지 술이나 한잔하며 잠복하려 했던 에밀리는 당황한 듯 목소리를 높였습니다. 그러나 그녀의 간곡한 부름에도 불구하고 바에서는 그 어떠한 대답도 들려오지 않았습니다. 에밀리가 손톱을 물어뜯으며 폴에게 전화를 걸어보았지만 통화권 이탈이라는 안내 음성만이 돌아올 뿐이었습니다.

그렇게 멀뚱히 기다리기만을 한 시간 째. 하루 종일 허위 제보에 시달렸던 에밀리는 이번에도 시간만 허비하고 말았다는 생각에 좌절하지 않을 수 없었습니다. 자신이 쓸모없는 머저리가 된 기분이 들었죠.

"폴 그 자식을 믿는 게 아니었는데! 이 상종 못할 사기꾼 변호사 새끼!"

다음 달 집세와 집에서 자신을 기다리는 고양이들 그리고 조소를 머금고 있는 폴과 메리 제인의 얼굴이 머릿속을 둥둥 떠다니며 그녀를 괴롭혔습니다.

"정신 차려, 에밀리 제퍼슨. 이렇게 우울해하는 것도 사치야. 이럴 시간에 기사 한 건을 더 쓰겠다."

에밀리는 꾸역꾸역 마음을 다잡고서 문을 향해 등을 돌렸습니다.

"뉴비가 왔군."

그 순간, 누군가의 목소리가 들려왔습니다. 남자도, 그렇다고 여자의 것도 아닌 미묘한 중간 선상에 머무는 그 거친 목소리에는 출신을 알 수 없는 억양이 섞여있었습니다.

탁-

조명이 켜지는 소리에 놀란 에밀리가 소리의 근원지를 향해 고개를 돌리자 스포트라이트 아래에서 다리를 꼰 채 앉아있는 한 존재가 보였습니다.

미안.

깜빡

졸아버렸지 뭐야.

새빨간 킬힐 위로 뻗어있는 매끈한 종아리와 다부진 허벅지 그리고 착 붙은 검은색 가터벨트 망사 스타킹이 아찔한 광경을 만들어 냈습니다.

구불구불 풍성한 빨간 머리는 마치 숄처럼 그의 어깨를 감쌌고 꽉 조이는 보라색 가죽 코르셋은 그의 우람한 가슴 근육을 여과 없이 드러냈습니다. 그가 입은 가죽 핫팬츠 또한 진한 보라색이었는데 그 기장이 매우 짧아 그가 다리를 바꿔 꼴 때마다 에밀리는 마른 침을 삼키지 않기 위해 애써야 했죠.

"저, 혹시 이 가게 사장님이신가요?"

"사장님? 내가?"

에밀리의 질문에 그는 자지러지게 웃었습니다. 검붉은 입술 사이로 튀어나오는 웃음소리는 칠판을 긁는 듯 찢어지는 고음이었지만 동시에 재즈 바 전체를 흔들리게 하는 울림을 가지고 있었습니다.

"…그럼 공연하는 분이신가요? 확실히 바텐더는 아닌 것 같고."

놀리는 듯한 그의 웃음소리에 에밀리가 톡 쏘는 말투로 되물었습니다. 그는 그런 그녀를 지그시 바라보며 손가락으로 자신의 머리카락을 배배 꼬았습니다.

"뉴트르. 이 몸의 이름은 뉴트르다. 남자와 여자 그 어디에도 속하지 않는 존재이자 만인의 정점. 그리고 뉴욕 뒷골목의 지배자지."

남자와 여자 그 사이에 있는 존재? 만인의 정점? 뉴욕 뒷골목의 지배자? 마약쟁이가 분명해. 에밀리는 귀찮아지기 전에 빨리 자리를 떠야겠다고 다짐하며 뒷걸음질 쳤습니다.

"그렇군요. 만나서 반가웠습니다. 뉴트르 씨."

"자기 이름은 뭐지? 내게 말해주지 않았잖아."

"제 이름은 에밀리⋯아예요."

갑작스러운 질문에 에밀리가 더듬거리며 답했습니다. 뉴트르는 턱을 괴고서 당황한 그녀를 지켜보았죠.

"정말 거짓말을 못하는구나. 우리 에밀리 자기는."

에밀리가 두 눈을 동그랗게 뜨고서 자신을 바라보자 뉴트르는 크게 하품을 했습니다. 느긋하게 자세를 고쳐 앉는 그의 모습은 마치 무료한 맹수와도 같았습니다.

"이제 네 이름을 어떻게 알았냐고 물어볼 거지? 하암, 지루해 죽겠네. 왜 여기 오는 뉴비들은 다들 똑같이 굴까? 아, 메테오 자기한테 한 말은 아니야. 자기는 다짜고짜 총부터 쏘던 게 아주 남달랐다고. 마피아다운 정말 특별하고 자극적인 첫 만남이었어."

뉴트르는 자신이 앉아있는 소파에게 말을 걸며 소파의 팔걸이를 마치 애인 대하듯 다정하게 쓰다듬었습니다.

"메테오? 마피아? 설마 10년 전 행방불명된 그…?"

에밀리는 기억을 더듬어 어렵지 않게 왼쪽 볼에 흉터가 있는 무시무시한 남자의 얼굴을 떠올렸습니다.

"맞아. 메테오 벨로키오. 시칠리아 출신 마피아 조직 '코자 노스트라'의 두목이었지. 지금은 내 엉덩이를 푹신하게 해주는 소파지만 말이야."

B급 공상 영화에도 쓰이지 않을 조악한 상상력에 에밀리의 얼굴이 황당함으로 물들었습니다. 미쳐도 단단히 미쳤구나. 에밀리의 눈빛은 그렇게 말하고 있었습니다.

"참고로 난 아주 멀쩡해. 정신도 또렷하고."

뉴욕 그리니치빌리지에 있는 작은 재즈 바. 그 안에서 발견된 미치광이 드랙퀸이라…. 뉴욕 주지사의 스캔들은 아니라도 기사 하나 정도는 낼 수 있겠네. 너무나 태연한 뉴트르의 작태에 말문이 막힌 에밀리는 될 대로 되라는 듯 한숨을 한 번 쉬었습니다.

"하. 그래요. 남자와 여자 그 사이에 있는 존재? 만인의 정점? 다 맞다 치죠, 뭐. 그래서 진짜 당신이 뉴욕 뒷골목을 지배하고 있다고 생각하는 거예요?"

비아냥거리는 그녀의 말투에도 뉴트르는 우아하게 소파에서 일어나 곧장 무대 아래로 내려왔습니다. 왜인지 그가 또각또각 구두소리를 내며 가까워질 때마다 에밀리의 어깨는 딱딱하게 경직되었습니다.

"생각하고 있는 게 아니라 그렇다니까? 이 몸이야말로 뉴욕의 뒷골목을 움직이는 실질적인 지배자라 할 수 있지."

"하지만 난 단 한 번도 당신의 이름을 들어본 적이 없어요. 싸구려 가십 신문 귀퉁이에서조차도."

에밀리가 반박하자 뉴트르는 대꾸하기도 귀찮다는 듯 어깨를 으쓱거렸습니다.

인상을 찡그리는 에밀리의 모습이 마치 제대로 미친 망상증 환자를 보는 듯해 뉴트르는 혀를 차고서 그녀의 얼굴 코앞에 멈춰 섰습니다. 그의 숨결에선 자스민과 우드가 섞인 진한 향이 풍겼습니다.

"아무리 설명해도 이해를 못 하는 열등생은 다시 한번 차근차근 가르칠 수밖에."

뉴트르가 박수를 한 번 치자 재즈 바 내부는 일순간 깜깜해졌습니다.

에밀리는 잃어버린 시야에 자신 바로 앞에서 느껴지던 인기척을 쫓기 위해 온몸의 신경을 바짝 곤두세웠습니다.

얼마 지나지 않아 붉은색 조명이 하나둘씩 켜졌고 이내 재즈바는 정육점의 고기 진열장처럼 빨갛게 물들었습니다.

오, 하느님 맙소사. 드디어 눈이 보이게 된 에밀리는 경악을 금치 못하였습니다. 붉은 조명 아래 더욱 관능적인 뉴트르의 주위에는 기묘한 오브제들이 가득했습니다.

검은색 무언가가 덕지덕지 묻은 거구의 괴물은 혓바닥을 길게 내밀고서 춤을 추었고 도축된 돼지머리는 뉴트르의 다리 밑에서 재롱을 떨었습니다.

비대한 오리너구리와 뇌로 보이는 물컹한 것들, 나사가 빠져 덜렁거리는 장 조명까지. 모든 오브제들이 구애하듯 뉴트르를 향해 달라붙어 있었습니다. 그가 앉아있던 소파 메테오도 어느새 그의 주변으로 다가가 흐느적거렸죠.

받아들일 수도 그렇다고 부정할 수도 없는 기이하고 현실적인 장면에 에밀리는 소리치는 것조차 잊어버린 듯했습니다.

"어때? 환상적이지?"

"기… 기가 막혀서 말도 안 나오네요."

뉴트르의 천진난만한 질문에 그제야 정신을 차린 에밀리가 답했습니다.

"칭찬 고마워. 자기."

"좋은 뜻으로 말한 거 아니에요! 대체 당신의 정체가 뭐죠? 이 소름끼치도록 수상한 괴물들은 또 뭐고!"

"괴물이라니! 얘들은 내 귀여운 애인이자 장난감이자 인테리어 소품이라고!"

에밀리가 버럭 소리치자 뉴트르는 기분이 나쁜 듯 인상을 찡그리며 반박했습니다.

"그 세 가지 단어는 한데 묶일 수 없지 않나요?"

"이렇게 가능하다는 걸 내가 몸소 증명해 보여주고 있잖아."

"장난치지 말고 이것들의 정체가 뭔지 당장 말해요. 살면서 저렇게 끔찍한 것들은 처음 봐!"

"정체라… 이 녀석들의 과거가 궁금한 거라면 어려울 것도 없지. 이 아이는 조르반니. 한때 마약 왕이라고 불렸지만 지금은 타르가 잔뜩 묻은 나의 귀염둥이야. 이 깜찍한 돼지머리는 마크 테일러. 거액을 탈세하고 터키로 이민 가려 한 전 국회의원이고. 아참, 이 녀석을 까먹을 뻔했네! 얘는 발레리노이자 살인마인 내쉬무어. 테트 번니를 동경해 사람을 여섯이나 죽였다던가? 팔, 다리가 유독 예쁘기에 그것만 똑 떼버렸지."

모두 다 소리 소문 없이 실종된 범죄자들이잖아! 뉴트르의 소개가 이어질수록 에밀리의 얼굴은 점차 창백해졌습니다.

"해링턴, 캐니 모링슨, 피터 깁슨… 나머지 아이들도 많지만 하나하나 소개하려면 사흘 밤낮을 새야 할걸? 어쩔래?"

아직 자신의 눈앞에서 사라지지 않은 채 멀쩡히 움직이는 괴물들도 그렇고 허무맹랑한 소리라고 넘겨버리기엔 어쩐지 무시할 수 없는 기분이 들어 에밀리는 진지해질 수밖에 없었습니다.

어쩌면 파커 따위는 비교도 안 될 만큼 더 큰 수확을 얻을 수도 있다는 직감에 그녀의 눈이 탐욕으로 가득 물들었습니다.

"당신의 말이 사실이라면 대체 왜 저자들을 이런 꼴로 만든 거죠?"

에밀리는 자신의 안경 카메라를 고쳐 쓰며 물었습니다.

"쓰레기통이 가득 차면 결국 주위까지 더럽히는 법이거든. 그러니까 난 일종의 재활용을 하는 거야. 추접스러운 비둘기들이 넘쳐버린 쓰레기를 먹으며 점점 더 비대해지기 전에 말이지."

"그 말은 즉 당신이 저들을 벌준 건가요? 법을 대신해서?"

"벌? 하, 그런 재미없는 일 따윈 관심도 없어. 난 단지 이 녀석들이 재밌어 보였고 그래서 소유하고 싶었을 뿐이야."

"저런 기괴한 것들을 소유하고 싶었다니! 당신은 정말… 괴짜, 미친놈, 변태, 정신병자… 그 어떤 단어로도 형용할 수가 없을 만큼 괴상한 사람이군요."

"이봐, 에밀리 자기. 괴상함이란 건 쿠키에 든 마카다미아 같은 거야. 그냥 쿠키만으로는 뭐랄까, 너무 밋밋하고 심심하잖아? 안 그래?"

"그럴싸하게 포장해 봐도 결국 당신은 그들과 똑같은 범죄자야."

조금만, 조금만 더. 에밀리는 유유히 자신의 주위를 맴도는 괴짜를 자극하기 위해 애쓰며 그를 추궁했습니다. 자신을 도발하려는 듯 구는 에밀리의 모습에 뉴트르는 인자한 미소를 지어보였습니다.

"썩은 내가 진동하는 이 사회가 누구 덕에 그나마 유지되고 있다고 생각해? 정치가들? 경찰? 아니면 자기 같은 기자들? 천만에! 다 이 몸의 고상한 취향 덕이지! 그런 내가 범죄자라니 웃기지도 않는군."

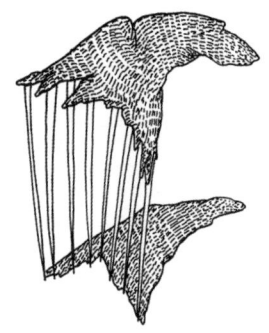

"다… 당신 같은 미친 범죄자가 지금껏 뉴욕을 활보하고 다녔다니!"

"나와 만난 자들은 다 나의 것이 되었거든. 목격자가 없으니 감옥에 잡혀갈 리도 없지."

에밀리가 소리치자 뉴트르는 가소롭다는 듯 그녀를 향해 손가락질하며 답했습니다. 활짝 벌어진 채 웃고 있는 입과 달리 뉴트르의 눈매는 한없이 가라앉아 있었습니다.

형용할 수 없는 괴리감에 에밀리의 등줄기에서 오소소 소름이 돋았습니다. 위험을 알리는 사이렌이 뒤늦게 온몸을 휩쓰는 느낌이었죠.

"그, 그렇다면 케이든 파커도 당신의 오브제로 만들어 버릴 건가?"

자신을 옥죄어 오는 불안한 예감을 부정하려 해봐도 그녀의 목소리는 형편없이 떨리기 시작했습니다.

"이런, 이런. 애초부터 내 목표는 너였어. 에밀리 제퍼슨. 그 재미없는 안경잡이는 널 잡기 위한 미끼였을 뿐. 너도 이미 알고 있잖아?"

"왜 하필 나야? 난 범죄자가 아니야!"

성큼성큼 거리를 좁혀오는 뉴트르에 에밀리는 겁에 질린 채 외쳤습니다.

"난 굳이 범죄자만을 고집하진 않는다고. 쓰레기 수집에 제약을 두면 재미가 떨어져서 말이지."

"대체 내가 뭘 그렇게 잘못했기에 거짓말로 남편 등쳐 먹으려는 폴린 파커나 쓸모없고 냄새나는 노숙자들보다 더 쓰레기라는 거야? 사기꾼 폴은 또 어떻고! 따지고 보면 내가 폴 그 자식보다 천 배는 더 깨끗하다고!"

"글쎄. 내가 봤을 때 자기는 충분히 더러운 것 같은데. 내 컬렉션에 들어와도 손색이 없을 만큼."

"아니야! 사람 잘못 봤어! 난 그놈들과 달라! 난 그놈들과는 다르다고!"

에밀리가 연극배우처럼 과장되게 손을 허우적거렸습니다. 조금 전까지 탐욕으로 물들어있던 그녀의 눈은 이제 두려움으로 가득 차 있었습니다.

"노숙자를 혐오하고 회사 경비원이 건네는 아침 인사를 비웃어 넘겼어. 환경미화원을 하찮게 여기고 보란 듯이 눈앞에서 가래를 뱉었지. 청소를 하는 것이 그들의 일이라고 주장하며 말이야. 남들을 업신여기고 아래로 보는 것, 남을 깎아내리면서 자신을 높이는 것. 이 모든 게 자기에겐 숨 쉬듯이 당연한 일이지?"

에밀리가 말문이 막힌 듯 입을 꾹 다물었습니다.

내가 그랬었나? 그녀는 아무리 돌이켜 봐도 자신이 한 행동이 떠오르지 않았습니다.

"뿐만 아니야. 자신에게 피해가 가지 않는다면 자긴 무엇이든 못 본 척 넘어갔어. 귀찮았거든. 가끔은 스스로의 묵인이 만들어 낸 사태를 즐기듯이 관전하기도 했지. 반면 자신이 이득을 볼 수 있는 상황이라면? 절대 놓치지 않고 잡아챘을 거야. 설령 그것이 누군가에게 피해를 입힌다 할지언정."

 힘이 풀려 주저앉아 버린 에밀리는 아무것도 듣기 싫다는 듯 고개를 무릎 사이에 집어넣고서 눈을 꼭 감았습니다.

 "약간의 동정 표시, 말로만 하는 양심선언, 그럴듯한 변명과 자기 합리화. 이 네 가지로 스스로의 악취를 감추고 살았던 거야. 에밀리! 이 깜찍한 것!"

 줄곧 차분했던 뉴트르의 목소리가 격앙되자 에밀리의 감긴 두 눈이 번뜩 떠졌습니다. 핏줄이 잔뜩 선 그녀의 눈은 금방이라도 터질 것처럼 빨갛게 물들어 있었습니다.

 "에밀리 자기야. 세상은 단둘로 나뉘어. 쓰레기가 있는 곳과 없는 곳."

 뉴트르는 다시금 나긋나긋한 발걸음으로 그런 그녀를 향해 걸어갔습니다. 또각또각 재즈 바를 울리는 구두 소리가 에밀리의 귓속에 생생하게 박혔습니다.

"그리고 자기는 쓰레기가 있는 곳에 잘 어울려. 우월감 그리고 동조와 묵인. 자기의 이 하등한 모든 것들이 뉴욕을 더럽히고 있거든. 그러니까 이제 부정은 그만하고 어떤 모습으로 내 곁에서 살아가고 싶은지 말해봐. 최대한 반영해 줄게."

"멈춰! 더 이상 내게 다가오지 마! 경찰에 신고할 거야!"

"머리 잘린 허수아비? 꽃무늬 손수건? 아, **다리 달린 물고기**도 좋겠다! 잘 어울릴 거야!"

뉴트르의 흥얼거림이 가까워질수록 에밀리의 얼굴은 하얗다 못해 새파랗게 질려갔습니다. 그녀의 경직된 몸은 좀처럼 움직일 생각을 하지 않았습니다. 에밀리는 도망칠 수도, 반격을 할 수도 없었습니다.

"오, 하느님."

뉴트르가 그녀의 코앞에서 서자 에밀리는 허망하게 읊조렸습니다. 그런 그녀를 뚫어져라 바라보며 뉴트르는 피식 웃고 말았습니다. 뉴트르는 무릎을 굽혀 앉아 에밀리와 시선을 마주하고서 말을 이었습니다.

"인간이 왜 한심한 줄 아니? 인간들은 믿고 싶은 것만 믿고 보고 싶은 것만 보거든. 위대하신 이 몸의 존재를 아무리 어필해 봐도 아둔한 인간들은 당최 믿으려 하질 않지. 실존하는 신을 두고 형체도 없는 것들에 목매는 꼴이란. 참 안타까운 일이야."

"제발… 이러지 마."

"금방 끝날 거야. 아프지 않을 거라고 내가 보장할게. 자기가 외롭지 않게 곧 친구들도 데려와 줄 테니까 걱정하지 말고."

뉴트르의 손이 에밀리의 목을 감싸자 매니큐어가 칠해진 그의 손톱이 그녀의 살갗을 조금씩 파고들었습니다.

◆

며칠 뒤, 뉴욕의 한 골목. 경찰관 윌리엄은 잇따른 실종 사건으로 누적된 피로를 긴 하품에 내보내려 노력 중이었습니다.

"여기도 그럴듯한 목격자는 없는 것 같습니다."

주변을 한 바퀴 돌아보고 온 신입이 경찰차에 기대어 있는 윌리엄에게 다가가 상황 보고를 했습니다.

"이런. 야근이 길어지는 소리가 들리는군."

"이틀 간격으로 대학 선후배가 실종되었으니까요. 상부에서도 심상치 않음을 감지한 거겠죠."

"에밀리 제퍼슨, 폴 우드! 대체 어디로 사라진 거야!"

혀가 아릴 만큼 달달한 글레이즈드 도넛으로도 풀리지 않는 피로감에 윌리엄은 기지개를 켜며 하늘을 향해 소리쳤습니다.

"방금 실종이라고 했나?"

"으악!"

갑작스레 손목이 잡힌 윌리엄이 화들짝 놀라 뒤를 돌아보았고 그 자리에는 누더기 판초를 입은 노숙자가 누런 이를 드러내며 앉아있었습니다.

"젠장! 깜짝 놀랐잖아! 이게 무슨 짓이야!"

"미안하우. 경찰 양반. 그런데 실종이라니? 이 근방에서 누가 실종되기라도 했나?"

"알 거 없잖아!"

으, 더러워. 윌리엄은 자신의 손목을 제복 바지에 닦아내며 까칠하게 답했습니다.

"선배. 그래도 혹시 모르니까 물어나 보죠? 밑져야 본전이잖아요."

"거참. 귀찮게…. 어이, 이봐. 혹시 이렇게 생긴 아가씨를 본 적 있나?"

윌리엄은 신입의 독촉에 어쩔 수 없다는 듯 품속의 사진을 꺼내 노숙자의 눈앞에 가져다 대었습니다. 그러자 사진 속 여자를 본 노숙자가 자리에서 벌떡 일어나 손가락질을 하기 시작했습니다. 그의 앙상하게 마른 다리가 후들거렸습니다.

"이… 이 아가씨는 내가 아주 잘 알지! 이 아가씨가 실종됐다고? 오. 이런, 하느님 맙소사!"

"뭐야? 당신이 에밀리 제퍼슨을 안다고? 어떻게 아는 사이지? 그녀를 마지막으로 본 게 언제야!"

"잘은 기억이 안 나는데… 아이고, 보드카 한 병만 마시면 기억이 날 것도 같고."

"일 복잡하게 만들지 말고 빨리 아는 거 다 불어. 유치장에 처박히고 싶으면 계속 그래 보든가."

"노숙자들에게 추운 겨울날의 유치장은 선물과도 같지. 마음대로 하게."

노숙자의 능글맞은 눈빛에 윌리엄의 주먹이 불끈 쥐어졌습니다. 그는 옆에 있던 신입에게 보드카 한 병을 사 오라 말하고서 낮은 목소리로 노숙자를 압박했습니다.

"됐지? 이제 기억나는 거 다 불어. 조금이라도 숨기는 게 있다면 네 머리통에 총알을 박아버릴 테니까."

"까칠하긴. 4, 5일 전이었나? 당신들이 찾는 에밀리라는 아가씨는 선배라는 자와 통화를 하고 있는 것 같았어. 나도 통화 내용을 다 듣지는 못했지만 이혼이라는 단어도 들렸고…. 아, 폴린! 폴린이라는 이름과 소송, 재즈 바 그리고 마약 어쩌고 하는 얘기도 하더구만."

폴린, 이혼, 소송, 재즈 바 그리고 마약?

윌리엄은 자신이 들은 이야기를 곱씹으며 눈살을 찌푸렸습니다. 그의 미간에 새겨진 깊은 주름이 그가 얼마나 골머리를 앓는지 보여주었죠.

"젠장. 갈피를 못 잡겠군. 어이, 더 기억나는 건 없나?"

"그게 다야."

"거짓말이면… 알지?"

윌리엄이 허리춤에 있는 총을 살짝 쓰다듬었습니다. 그런 그를 보며 노숙자는 익살스럽게 양손을 머리 위로 올렸습니다.

"맹세코 말하는데 내가 기억하는 전부를 털어놨어."

"좋아. 믿어주지."

말을 마친 윌리엄은 무전기를 켜고 어디론가 전화를 걸었습니다. 자신의 앞에서 굽실거리며 보드카는 언제 받을 수 있는지 묻는 노숙자를 쓰레기 보듯 바라보며 말이죠.

"어이, 신입. 들리나? 어디야?"

"아직 슈퍼마켓을 찾고 있습니다. 이곳 지리가 익숙하지가 않아서….."

"잘됐네. 거기서 기다려. 차로 데리러 가지."

"네? 그럼 보드카는요?"

"이런 얼간이 같으니. 우리가 노숙자한테 술을 왜 사주냐!"

신입의 대답을 기다리지도 않고 무전을 끊은 윌리엄은 이내 유유히 차를 향해 걸어갔습니다. 그런 그를 보고 노숙자는 기가 막힌 듯 소리쳤죠.

"얘기가 다르잖아, 경찰관 양반!"

노숙자의 걸걸한 발악이 뒷골목을 울렸습니다. 그 소리에 놀란 비둘기들은 토사물을 쪼아 먹다 말고 뉴욕의 희뿌연 하늘을 향해 날갯짓을 했으나 비대한 몸뚱어리에 얼마 못 가 땅으로 곤두박질치고 말았습니다.

윌리엄이 타고 있는 경찰차가 사이렌을 울리며 멀어졌습니다. 어느새 진해진 노을이 비둘기의 피와 함께 빌딩숲을 붉게 물들였습니다.

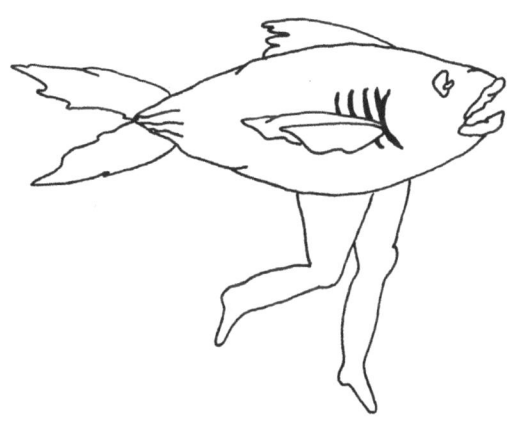

다리 달린 물고기

Une lettre d'Havisham

하비샴의 편지

친애하는 그대에게.

저를 기억하시나요. 당신의 약혼녀 하비샴이에요.

아직도 저는 당신과의 행복한 미래를 꿈꾸던 그 저택에서 살고 있답니다. 그대가 아름답다 말했던 웨딩드레스와 면사포를 입고서요.

유난히 따스했던 결혼식 당일, 당신이 다른 여자와 함께 도망친 바로 그날로부터 벌써 수십 년이 지났네요.

세월이 흐를 만큼 흘렀건만 그때 당신의 뒷모습은 어쩜 이리 또렷해져만 가는지. 지금도 불현듯 제 가슴 언저리를 시큰하게 한답니다.

그대에게 버려진 뒤 제 삶은 실로 비참했지요. 연약하신 어머니는 충격에 그만 몸져눕게 되셨고 아버지는 실망을 감추지 못하며 하나뿐인 딸도 외면한 채 술독에 빠지셨습니다.

결국 두 분은 다음 해 여름 콜레라를 앓다 돌아가셨어요. 집안의 수치가 되어버린 전 부모님의 임종마저 지키지 못했습니다. 여성은 상주가 될 수 없었거니와 그대가 언제 돌아올지 모르니 거울 앞에서 몸단장을 해야 했거든요.

저는 그대가 다시 돌아올 거라는 헛된 희망을 품고선 사랑하는 그대를 기다렸어요. 마치 인형처럼, 방에 틀어박혀 수십 번 수백 번 빗질을 하고 분칠한 얼굴에 끊임없이 화장을 덧대면서 말이죠.

덕분에 사교계에서 유령 신부라는
아주 강렬한 별명을 얻었답니다.
참으로 짓궂은 사람들이죠?

떠나간 당신을 기다리며 그저 그렇게 살아가다 보니 어느 날 문득 당신을 향한 이 감정이 사랑인지 원망인지 그 무엇도 아닌 텅 빈 집착일 뿐인지 헷갈리더군요.

그때, 커튼 뒤에서 가냘픈 울음소리가 들려왔습니다. 금방이라도 숨이 멎을 것 같은 그 소리를 차마 무시할 수 없어 용기를 내 창문으로 다가갔지요.

두 손으로 직접 열어젖힌 두꺼운 커튼 뒤에는 눈부신 햇살과 함께 작고 아름다운 새가 쓰러져 있었습니다.

그 모습을 바라보고 있자니 왠지 모르게 하염없이 눈물이 흐르더군요. 몇십 년 만에 느껴보는 햇살의 따스함 때문일까요. 아니면 볼을 타고 흘러내리는 뜨거운 눈물 때문일까요.

얼어붙은 듯 차갑게 굳어버린 심장이 다시금 뛰는 것이 느껴져 가슴께에 손을 올리고 큰 숨을 들이마셨습니다. 방 안의 먼지 가득한 공기 대신 정원의 풀잎 향이 폐 한가득 들어차자 문득 무엇이든 할 수 있을 것만 같더군요.

그날 작은 새를 방으로 들이며 저는 결심했습니다. 더이상 당신만을 기다리며 살아가지 않기로, 더이상 삶을 바보같이 허비하지 않기로요. 죽어가는 작은 새가 다시금 자유롭게 날아다닐 수 있는 그 날까지, 제가 할 수 있는 것들을 해내가며 차근차근 당신을 제 속에서 지워가기로 말입니다.

저는 요즘 열심히 운동도 하고 식사도 잘 챙겨 먹으며 건강을 되찾아가는 중입니다. 작은 새에게는 '해리콧'이라는 귀여운 이름도 지어주었지요.

무분별하고 지독한 희생의 끝엔 바보 같은 후회밖에 남지 않는다는 것을 조금 더 일찍 깨달았으면 좋았을 터인데.

그대, 잘 지내고 있나요? 제가 아닌 다른 여인과 사랑을 하고, 가정을 꾸리며 행복한가요?

저는 지금 행복합니다.

이 편지를 끝맺고 나면 이 지긋지긋한 웨딩드레스와 면사포를 벗어 던지고, 당신이 좋아했던 긴 생머리도 자르고서 산책을 나갈까 해요.

난 당신의 약혼녀 하비샴.

하지만 이제는 나를 버린 당신보다 내 인생을 더 사랑해.

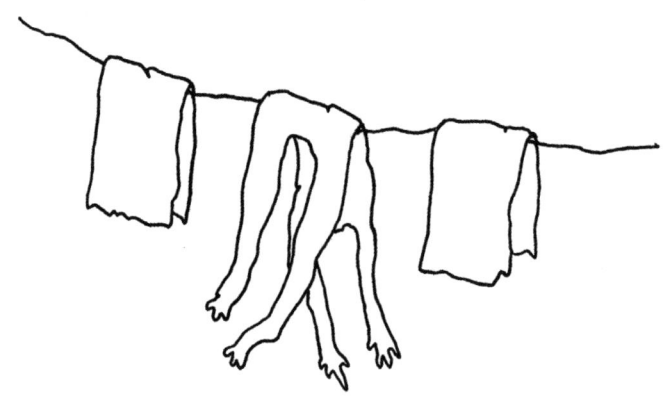

지긋지긋한 것들

Lumière de la ville noire

누아르 마을 루미에르

꽁지머리를 바짝 묶어 올린 루미에르는 무지개를 좋아하는 소녀입니다. 비록 무지개를 직접 본 적은 없지만요.

루미에르가 살고 있는 누아르 마을의 주민들은 모두가 검은색 옷을 입고 살아가고 있습니다. 이 마을에선 튀지 않는 것, 눈에 띄지 않는 것이 미덕이자 법도이기 때문이죠.

"난 튀는 게 제일 무서워."

옆집에 살고 있는 뤼도빅 아저씨는 자신의 애완 까마귀를 산책시키며 늘 이렇게 중얼거립니다. 그런 아저씨와 마주칠 때마다 루미에르는 마음속으로 생각하죠.

'뤼도빅 아저씨는 겁쟁이야!'

"루미에르. 이거 봐! 아빠가 사주신 모자야! 새까만 게 정말 수수하고 예쁘지 않니? 어때? 부럽지?"

루미에르의 언니 옴브르가 새로 산 모자를 자랑하며 약을 올려도 루미에르는 속으로 콧방귀를 뀝니다.

'전혀! 나는 새까만 모자가 싫은걸!'

"루미에르. 이 말썽꾸러기! 엄마가 너한테 큰 걸 바랐니? 제발 평범하게 다른 아이들처럼만 굴어줄 순 없어?"

꽃잎을 빻아 손톱을 물들이고 있던 루미에르를 보고 엄마가 야단을 칠 때면 루미에르는 입을 삐죽 내밀고 대꾸합니다.

"하지만 나는 알록달록하게 살고 싶단 말이에요."

안개가 자욱하게 낀 어느 날, 루미에르는 아침부터 불만에 차 있었습니다. 루미에르의 옷장 속 까만 옷들은 그 어떠한 색도 용납할 수 없다는 듯 일렁이고 있었죠.

하마의 배 속처럼 새까만 옷장을 째려보던 루미에르는 좋은 생각이 떠오른 듯 침대 쪽으로 뛰어가 그 밑에 숨겨둔 색종이와 가위를 꺼냈습니다.

루미에르가 순식간에 형형색색 조각 난 색종이를 자신의 까만 망토에 붙이고서 거울 앞에서 빙그르르 돌아보았습니다.

"좋았어! 이제야 학교 갈 마음이 드네!"

엄마에게 들키지 않기 위해 까치발로 집을 나서는 루미에르의 얼굴에는 흡족한 미소가 걸려있었습니다. 친구들에게 자신의 멋진 모습을 보여줄 생각을 하니 학교로 향하는 발걸음마저 가벼웠죠.

"하하하! 얘들아, 루미에르 좀 봐!"

"바보 같아!"

"우웩. 이상해! 선생님 루미에르 좀 보세요!"

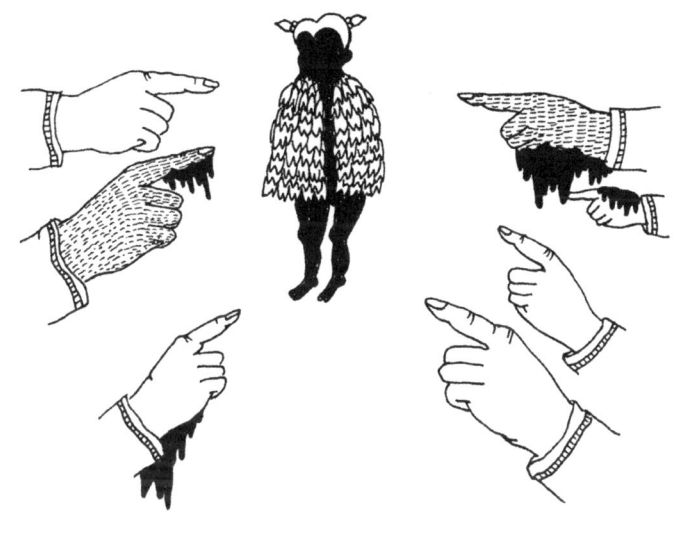

 루미에르가 교실로 들어가자 친구들은 루미에르를 향해 손가락질을 하며 깔깔 웃기 시작했습니다. 한 아이는 토하는 시늉을 하기도 했죠. 평온하게 커피를 마시던 선생님의 이마에는 성난 주름이 잔뜩 생겼습니다.

 "루미에르! 너 대체 그게 무슨 꼴이니! 당장 집으로 가서 어머니를 모셔 오렴!"

"넌 애가 어쩜 그리 별나니? 대체 누굴 닮아서 이래? 루미에르, 제발. 엄마가 이렇게 부탁할게. 언니들처럼만 까맣게, 아니 그냥 회색빛으로라도 자라다오. 응?"

엄마는 색종이와 가위를 압수하며 자신의 막내딸에게 간곡히 부탁했습니다. 억장이 무너지는 듯 중간 중간 가슴을 퍽퍽 치기도 하였죠.

그날 밤 루미에르는 이불을 덮어쓴 채 고민에 빠졌습니다. 등불도 켜지 않은 방은 칠흑 같은 어둠으로 가득 차있었습니다.

엄마가 왜 색종이를 빼앗아 갔는지, 자신이 왜 일주일동안이나 간식을 먹지 못하는 벌을 받아야 하는지. 아무리 고민을 해봐도 루미에르는 이해할 수가 없었습니다.

내가 잘못한 걸까? 나는 이상한 아이인 거야?

루미에르의 뽀얀 볼 위로 투명한 눈물이 흘렀습니다.

그때, 작은 불빛이 창문을 통해 날아 들어와 캄캄한 방 안을 옅게 비추었습니다. 곧장 루미에르에게 다가온 그 불빛은 루미에르의 콧잔등을 간지럽혔습니다.

"넌 대체 뭐야? 어디서 온 거니?"

불빛은 대답 대신 그저 방 안을 빙빙 날아다녔습니다. 어쩐지 자신을 재촉하는 듯한 녀석의 모습에 루미에르는 침대에서 일어나 조용히 신발을 신었습니다.

"정말 신기한 일이야. 마치 나를 보고 따라오라는 것 같잖아."

루미에르는 의자에 얹어둔 검정색 망토를 걸치고 불빛을 따라 밖으로 향했습니다.

소파와 괘종시계 속 뻐꾸기가 그런 루미에르의 뒷모습을 걱정스럽게 지켜보았지만 깜깜한 밤은 순식간에 루미에르와 불빛을 품어버렸습니다.

"이 산에는 무시무시한 것이 살고 있다고 선생님이 그랬는데…."

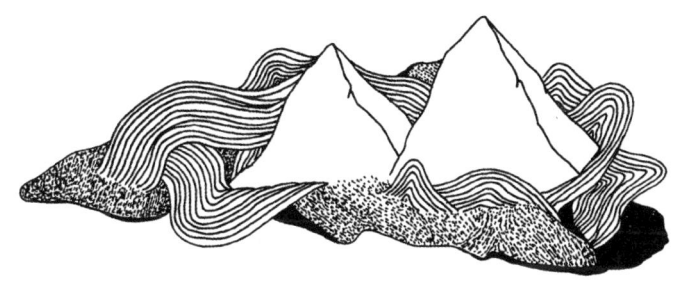

산의 초입에 다다르자 루미에르는 고민에 잠겼습니다. 크고 울창한 숲은 금방이라도 루미에르를 잡아먹을 듯이 버티고 서있었습니다.

"앗, 잠시만! 기다려!"

그러나 고민도 잠시, 작은 불빛이 거침없이 숲속으로 뛰어들자 루미에르는 녀석을 따라 발걸음을 서둘렀습니다.

정처 없이 숲길을 걷다보니 어디선가 칠판을 손톱으로 긁는 듯한 노랫소리가 들려왔습니다. 루미에르는 소리가 나는 곳으로 걸음을 옮겼습니다.

제멋대로 울창하게 자라난 풀들을 헤치고 도착한 곳에는 흥미로운 광경이 펼쳐져 있었습니다.

"홍학이다!"

 류트 연주에 맞춰 춤을 추는 수십 마리의 홍학들. 그 중심에는 목을 꼿꼿이 추어 올리고서 노래를 부르는 말라깽이 홍학이 있었습니다. 바위에 올라 서있는 말라깽이 홍학의 자태는 마치 오페라하우스의 간판 스타처럼 당당했습니다.

 바위 근처에는 땅딸막한 홍학이 류트 현을 퉁기고 있었는데, 자신의 연주에 심취한 듯 눈을 꼭 감은 그 모습이 우스꽝스러웠지만 동시에 매우 자유로워 보였습니다.

루미에르는 처음 보는 핑크빛 향연에 입을 벌린 채 한동안 홍학들의 춤사위를 지켜보다 침을 꼴깍 삼키고는 용기를 내 홍학들에게 다가갔습니다. 그들이 놀라지 않도록 사뿐사뿐 걷는 것도 잊지 않았죠.

바스락.

하지만 얼마 못 가 루미에르의 작은 발에 마른 잎이 밟혔고 이파리는 퍽 큰 소리를 내며 바스러졌습니다. 마른 잎 소리가 음률을 흐리자 춤추던 홍학들은 일제히 날개를 멈추고 자신들에게 다가오는 소녀를 향해 고개를 돌렸습니다.

오직 땅딸막한 홍학만이 이방인의 방문을 눈치채지 못한 듯 하염없이 연주를 이어갔습니다. 바위에서 내려온 말라깽이 홍학은 땅딸막한 홍학의 옆구리를 쿡 찌르고서 루미에르에게 다가왔죠.

"넌 누구야!"

"저는 루미에르예요. 혹시 제가 방해되었나요?"

"방해? 물론 방해이고말고! 그것도 아주 큰 방해!"

매섭게 쏘아대는 말라깽이 홍학의 말투에 루미에르는 주눅이 들고 말았습니다. 루미에르는 진심을 다해 미안한 표정을 짓고서 홍학들에게 사과를 건넸습니다.

"정말 죄송해요. 하지만 파티를 망칠 생각은 없었어요! 전 그냥 춤추고 노래하는 홍학을 처음 봐서…."

"춤추고 노래하는 홍학을 처음 봤대!"

"촌뜨기인가 봐!"

"동굴 속에 홀로 사는 곰일지도 몰라!"

그러나 그런 루미에르를 보며 홍학들은 낄낄 웃기 시작했습니다. 그들의 웃음소리가 어찌나 고음인지 루미에르는 귀를 막아야 했죠.

"어이, 촌뜨기. 넌 대체 어디서 온 거지?"

말라깽이 홍학이 루미에르에게 물었습니다.

"저는 누아르 마을에서 왔어요. 불빛이 이끄는 대로 걸었더니 이곳에 다다른 거예요."

"불빛? 불빛이 어디 있는데?"

"불빛 같은 건 보이지도 않는걸?"

"여기 있잖아요! 오, 이런."

아무도 믿지 않는 듯한 분위기에 루미에르는 억울하다는 듯 불빛이 있던 하늘을 가리켰지만 그곳에는 아무것도 남아있지 않았습니다.

"뭐가 있다는 거야! 아무것도 없잖아!"

"불빛이 이끄는 대로 걸었다고? 애초에 그게 가능키나 해?"

"미쳤나 봐! 저 촌뜨기는 미친 게 분명해!"

"조용! 다들 닥쳐!"

홍학들이 시끄럽게 수군거리자 말라깽이 홍학이 소리쳤습니다.

"불빛이 너를 이끌었다고?"

루미에르가 소심하게 고개를 끄덕이자 말라깽이 홍학은 자신의 분홍 날개로 루미에르의 턱을 잡고서 이리저리 살펴보았습니다.

"흐음. 흥미롭군. 아주 흥미로워. 촌뜨기, 춤은 좀 출 줄 아나?"

"포크 댄스라면 조금… 학교에서 배웠거든요."

"포크 댄스? 그게 뭐지? 포크 댄스가 뭔지 아는 홍학 있어?"

말라깽이 홍학의 물음에 다시금 홍학들이 수군거리기 시작했습니다. 말라깽이 홍학은 깃털을 정돈하며 무심한 듯 되물었습니다.

"어이, 악사. 너는 포크 댄스가 뭔지 알아?"

"몰라! 내가 알 게 뭐람!"

땅딸막한 홍학은 빨리 연주를 이어가고 싶어 안달이 났는지 류트 현을 매만지며 신경질적으로 답했습니다.

"천하의 악사도 모르는 게 있다니! 좋아, 재밌을 것 같아! 촌뜨기! 우리에게 포크 댄스라는 걸 보여줘 봐!"

말라깽이 홍학은 루미에르를 가리키며 거만하게 요구했습니다.

"저, 그런데 포크댄스는 혼자서 출 수 없어요. 함께할 파트너가 필요하거든요."

"혼자 출 수 없는 춤이라니! 괴기하군! 그럼 우리가 그 파트너라는 게 되어주면 춤을 보여줄 수 있는 건가?"

"물론이죠! 일단 이렇게 먼저 서로의 손… 아니. 날개를 잡고 동그랗게 서야 해요."

루미에르는 말라깽이 홍학과 근처 다른 홍학의 날갯죽지를 잡고 조심조심 발을 움직였습니다. 땅딸막한 홍학은 그들의 움직임을 신기하게 쳐다보다 돌연 좋은 악상이 떠오른 듯 류트 현을 튕겼습니다.

빠르진 않지만 반복적으로 흘러나오는 흥겨운 리듬에 멀뚱히 바라만 보던 나머지 홍학들도 이내 서로의 날개를 맞잡고 춤을 추었습니다.

"젠장! 너무 신나잖아!"

"이렇게 재밌는 춤이 있었다니!"

홍학들은 부리를 크게 벌리고 울었습니다. 얼마나 신이 나던지 말라깽이 홍학마저 노래 부르는 걸 까먹을 정도였지요.

류트의 음률은 클라이맥스를 향해 다가가고 홍학들의 환호성이 더욱 거세질 때 즈음, 루미에르의 눈앞에 사라졌던 불빛이 보였습니다.

불빛은 루미에르 주위를 빙빙 맴돌다 숲속으로 날아갔습니다. 천천히 그러다 조금 빠르게, 어서 따라오라고 재촉하듯이 말이죠.

"잠깐! 기다려 줘!"

루미에르는 급하게 홍학들의 날갯죽지를 놓고 불빛을 쫓아갔습니다.

"한창 재밌는데 어딜 가는 거야, 촌뜨기!"

"저는 이만 가봐야 해요! 불빛을 따라가야 하거든요!"

"또 그 불빛 타령! 대체 넌 왜 그렇게까지 불빛을 따라가려 하지?"

말라깽이 홍학의 물음에 루미에르가 걸음을 멈추고 그를 쳐다보았습니다.

"잘 모르겠어요. 그냥… 그냥 그래야 할 것 같은 기분이 들어요."

"역시 미친 게 확실하군."

시무룩하게 내려간 루미에르의 눈썹을 보며 말라깽이 홍학은 피식 웃었습니다.

"넌 미쳤지만 꽤 재밌는 녀석이야."

"칭찬이에요?"

"몰라. 하지만 확실한 건 우린 네가 꽤 마음에 들었다는 거지."

말라깽이 홍학의 말에 다른 홍학들, 심지어 땅딸막한 악사 홍학마저 루미에르를 향해 손을 흔들었습니다.

"뭐 해? 어서 가봐. 불빛을 따라가다 보면 언젠가 네가 그 녀석을 쫓는 이유도 알게 되겠지. 어이, 악사! 다시 한번 힘차게 연주하라고!"

루미에르의 빈자리는 곧장 메워졌습니다. 홍학들은 여전히 괴성을 지르며 둥글게 포크 댄스를 췄고 루미에르는 그들을 뒤로한 채 불빛을 따라 숲속으로 뛰어들었습니다.

류트 소리가 차차 옅어져 더이상 들리지 않게 되었을 무렵, 루미에는 제자리를 빙빙 돌며 자신을 기다리고 있던 불빛과 마주했습니다.

"날 기다려 준 거야?"

불빛은 루미에르의 어깨 위에 살포시 앉았습니다. 그리곤 곧장 정면을 향해 빛을 쏘았죠. 올곧게 뻗어나가는 선명한 빛의 선은 마치 이 길로 쭉 걸어가면 된다고 알려주는 것만 같았습니다.

무성한 나무들 사이를 헤집고 다니는 바람이 스산한 분위기를 자아내었고 어디선가 정체 모를 짐승의 하울링이 들려왔습니다.

루미에르는 침을 꼴깍 삼키고 앞을 향해 무거운 걸음을 옮겼습니다.

그렇게 몇 분을 더 걸었을까요. 어느새 차갑기만 한 밤공기가 따스해지고 캄캄했던 숲길 또한 점점 더 환해졌습니다.

밝아진 주위에 루미에르가 눈을 찡그리자 저 멀리서 누군가의 인영이 보였습니다. 자신의 어깨 위에 앉아있던 불빛이 그 인영을 향해 날아가자 루미에르는 다급하게 입을 열었습니다.

"실례합니다. 거기 누구 있어요?"

"어서 와요. 루미에르."

봄 햇살처럼 부드러운 목소리가 들려오자 눈부시게 빛나던 주위가 차분해졌습니다.

되찾은 시야에 안도하는 것도 잠시, 루미에르는 이내 본인 앞에 펼쳐진 풍경에 입을 떡 벌리고 말았습니다.

광활한 초원 위로 하얀 구름 같은 양들이 떠다녔고 꿈에만 그리던 무지개가 형형색색 자태를 뽐내며 펼쳐져 있었습니다. 그리고 그 모든 풍경 앞에는 한 여인이 서있었습니다.

어서 와요.
루미에르.

여인의 머리에는 무지개색 깃털로 치장된 화환이 얹어져 있었습니다. 새벽 바다를 품은 듯 반짝이는 드레스가 여인을 한층 더 고귀해 보이게 만들었죠.

"당신이 방금 전 목소리의…?"

여인을 쳐다보고 있자니 주위의 빛이 사그라들었음에도 눈이 부신 기분이 들어 루미에르는 고개를 푹 숙였습니다. 여인이 사뿐히 눈웃음을 지었습니다.

"고개를 들고 나를 봐줘요, 루미에르. 당신이 오기만을 손꼽아 기다렸답니다."

"어떻게 제 이름을 아시죠? 당신은 누구예요?"

"저는 무지개 앵무 여왕. 이 세계의 모든 색은 다 저의 백성이자 아이이고 저는 그들을 보호하지요."

여왕의 어깨 위에 있던 불빛이 자신의 존재를 알리듯 뛰어올랐습니다.

"그럼 혹시 여왕님이 저를 여기까지 부른 건가요?"

"맞아요. 루미에르. 저는 항상 그대를 지켜보고 있었지요. 누구보다 다채로운 색을 가지고 태어난 사랑스러운 그대를 늘 안아주고 싶었답니다. 이리 가까이 와요."

여왕이 루미에르를 향해 손을 뻗자 무심코 그녀를 향해 다가가던 루미에르의 발걸음이 주춤하고 멈추었습니다.

"저는 여왕님이 사랑스러워할 만한 아이가 아니에요."

"이런. 왜 그렇게 생각하죠?"

"저는 이상한 아이니까요. 엄마도 친구들도 모두 저보고 이상하대요. 정상이 아니래요."

'그러니까 저는 미움 받기 위해 태어난 아이예요.'

루미에르의 작은 어깨가 처량하게 떨려왔습니다. 여왕은 멈추어 선 루미에르를 가만히 바라보았습니다.

"색을 가지고 있는 자들은 늘 눈에 띄죠. 그 색을 부정당하기도 하고 시샘을 받기도 하고요. 하지만 루미에르. 색을 가지고 있는 것은 나쁘거나 틀린 게 아니에요. 이상한 것도 아니죠."

"그런 얘긴 처음 들어봐요. 다들 제가 틀렸다고 손가락질하거든요."

"혐오는 이유가 없는 법이니까요. 여러 가지 그럴듯한 핑계를 대 봐도 혐오란 결국 실체 없는 감정 덩어리일 뿐이랍니다."

산들바람이 멈춰 서있던 루미에르의 등을 밀어주었습니다. 곧장 달려가 안긴 여왕의 품속에서 루미에르는 손끝 마디마디까지 충족되는 기분을 느꼈습니다.

"저는 더 이상 그 감정 덩어리에게 상처받고 싶지 않아요. 다른 사람들처럼 굴면 더 이상 아프지 않을 수 있을까요?"

"보편적인 흐름에 몸을 맡기다보면 분명 어느 순간 고통이 느껴지지 않을 거예요. 그러나 그건 그대의 고통이 사라져서가 아니라 고통에 적응해 버렸기 때문이겠죠. 아무리 어두운 방 안에 있어도 시간이 흐르고 어둠에 순응하면 어느새 눈이 트이는 것처럼."

"그래도 일단 앞은 보이잖아요."

"대신 방은 여전히 까만 어둠으로 가득 차있겠죠. 불빛을 찾는 것은 어려워요. 그래서 어둠에 순응해 버리고 적응하려 노력하는 것이 더 쉽게 느껴질 수도 있어요. 하지만 결국 그것은 해결 방안이라 할 수 없답니다."

"그럼 대체 어떻게 해야 아프지 않을 수 있나요?"

"설령 그게 소중한 사람일지라도, 남들이 당신을 상처 입히도록 내버려 두지 말아요. 그들은 당신을 아프게 할 자격도, 틀렸다고 정의 내릴 권리도 없으니까. 어떠한 방식으로 살아갈지는 오로지 루미에르 당신만이 결정할 수 있는 거예요. 이 사실을 가슴에 품은 채 당신답게 살아가요."

여왕은 루미에르의 작은 등을 토닥토닥 두드려 주었습니다. 여왕에게선 싱그러운 들꽃 향기가 풍겨왔습니다.

루미에르에게는 지금껏 부정당했던 자신의 모든 것들을 이해받는 이 순간이 너무나도 소중했습니다.

뻐꾹. 뻐꾹. 뻐꾹.

하염없이 여왕의 품에 안겨 대화를 나누고 있자 어디선가 익숙한 괘종시계 소리가 들려왔습니다.

"벌써 시간이 이렇게 되었네요. 자, 루미에르. 이제는 돌아가야 할 시간이에요."

"저는 돌아가기 싫어요! 새까만 마을로는 돌아가고 싶지 않아요!"

루미에르는 처음 느껴본 무지갯빛 세상을 놓치고 싶지 않았습니다. 루미에르의 눈가가 촉촉하게 젖어들었습니다.

"제가 왜 그대를 유난히 어두운 세상 속에서 태어나게 했는지 알고 있나요?"

"잘 모르겠어요. 사랑한다면서 왜 절 곁에 두지 않는 거예요?"

"색이 없어지는 순간 세상은 끝을 맞이하게 되죠. 그것은 자연의 섭리이자 저 또한 거스를 수 없는 운명이에요. 슬프게도 루미에르 당신이 태어난 그 세상은 이미 수많은 색들이 배척되어 사라져 버린 상태에요. 아주 참혹하게 어둡고 캄캄하죠."

 여왕은 손가락을 꼼지락거리며 자신을 올려다보는 루미에르의 머리카락을 정리해 주었습니다.

 "한없이 어두운 세상일지라도 그대가 색을 잃지 않고 존재감을 드러낸다면 결국 세상은 조금씩 변해갈 거예요."

 "자신이 없어요. 저는 목소리도 작고 잘하는 것도 없는데, 저 같은 애가 세상을 변화시킬 수 있을까요?"

 "루미에르, 내 사랑스러운 아이."

 여왕은 자신의 고운 손으로 루미에르의 눈을 감겼습니다.

 "당신이라면 충분히 할 수 있어요. 당신의 색으로 세상을 조금 더 다채롭게 만들어 줘요."

 눈 위로 느껴지는 온기가 흔적도 없이 사라지자 루미에르는 천천히 두 눈을 떴습니다. 익숙한 천장 벽지와 익숙한 침대의 감촉, 그리고 익숙한 괘종시계 소리가 루미에르를 반겼습니다. 괘종시계 속 시곗바늘은 새벽 세 시를 가리키고 있었고 오직 달빛만이 어두운 방을 비추어 주었습니다.

　루미에르가 아쉬움을 가득 머금은 한숨을 내쉬고서 몸을 일으키려는 순간 침대를 짚은 루미에르의 손에 부드러운 무언가가 닿았습니다.

　까만 침대 위에는 홍학의 분홍빛 깃털과 구름양의 털, 그리고 여왕의 무지갯빛 화환이 널브러져 있었습니다.

　"꿈이 아니었어!"

　루미에르는 콩닥콩닥 뛰는 가슴을 진정시키려는 듯 그것들을 품에 꼭 안았습니다. 그리고선 이내 무언가 결심한 듯이 주먹을 쥐었지요.

다음 날.

교실 속에는 까맣게 차려입은 아이들이 질서정연하게 자리에 앉아 교과서를 꺼내고 있었습니다. 새까만 숄을 두른 선생님은 커피를 홀짝이며 잿빛 조간신문을 보고 있었죠. 모든 것이 정돈되어있고 또 더할 나위 없이 정적이었습니다.

그때, 쾅 하는 큰 소리가 들리더니 교실 문이 벌컥 열렸습니다.

"어! 저게 누구야!"

"루미에르잖아!"

"얘들아, 루미에르 좀 봐! 선생님! 루미에르 좀 보세요!"

"어머나!"

루미에르가 교실 안으로 걸어 들어가자 모두들 수군거렸습니다.

루미에르의 허리춤엔 홍학의 선홍빛 깃털과 구름 같은 양털이 한가득 꽂혀있었습니다. 수군거리는 소리가 커질수록 루미에르는 가슴을 활짝 폈습니다. 위풍당당한 그 모습이 마치 말라깽이 홍학 같았죠.

칠판 앞에 다다른 루미에르는 여왕의 무지갯빛 화환을 쓴 뒤 허리에 손을 얹고서 외쳤습니다.

"나는 이상한 애가 아니야! 난 루미에르! 무지개를 좋아하는 그냥 루미에르야!"

어른 루미에르

Un carnet de l'autrui

타인의 수첩

◆

2009년 5월 5일. 맑음.

오늘은 조금 일찍 눈이 떠졌다. 커튼을 뚫고 들어온 햇살이 눈부시기도 했거니와 병원 근처 초등학교에서 '으쌰, 으쌰' 우렁찬 기합 소리가 끊임없이 들려왔기 때문이다.

퍼석한 이불을 머리끝까지 덮어쓰고 규칙적으로 터지는 신호탄의 폭발음에 귀를 기울이다 보니 문득 옛 기억이 떠올랐다.

바야흐로 인생 첫 번째 운동회 날. 아릿한 벚나무 향이 잔뜩 묻은 날의 기억이었다.

"1학년 달리기 경주가 있겠습니다."

사회자 선생님의 안내 방송이 끝나면 각 반의 담임 선생님들은 아이들을 챙겨 운동장 한가운데에 줄을 세웠는데, 차례를 기다리는 그 시간이 사뭇 긴장돼 작은 손이 땀으로 흠뻑 젖는 친구도 있었다.

앞 반의 경주가 끝이 나자 담임 선생님이 아이들에게 마지막 당부를 하셨다.

"얘들아, 꼴등을 했다고 울거나 실망할 필요 없어. 끝까지 포기하지 않고 달린다면 꼴등도 일등인 거야. 앞질러 간 친구 때문에 경기를 포기하는 거야말로 정말 못난 거니까 모두들 끝까지 최선을 다하도록 하자?"

꼬인 성격 탓일까 경주를 앞두고 긴장해서일까. 선생님의 교훈 어린 조언은 다른 형태로 내게 다가왔다.

그날은 포기라는 단어가 내게 부정적으로 다가온 첫 번째 순간이 되었다.

어린 내 머리 속에서, 은연중 제일 나쁘다고 여겼던 '꼴등'보다 '포기'라는 단어가 더 나쁜 것으로, 해서는 안 될 것으로 인식된 것이다.

꼴등보다 더 못난 건 포기하는 사람이구나.

이후 내게 포기란 늘 실패의 상징이었다. 굳이 꺼내보지 않고 묻어둔 채 살아간 이 인식은 결국 나를 한계점까지 밀어 넣었다.

나의 우주는 포기한다는 행위를 오롯이 부정적으로만 정의했다. 그래서일까, 주변을 의식하느라 참고 견디는 경우가 종종 생기곤 했다. 명백한 자기 학대였다.

지금껏 노력해 왔어도 포기를 한 순간부터 그 노력의 가치는 폄하되고 단지 끈기 없는, 혹은 용기 없는 사람이 되어버리는 현상. 이 현상은 늘 내게 버겁게 다가왔다.

'아쉽다.', '좀 더 해보지 그랬어.'

밤을 새워가며 고민한 끝에 내린 결말이 포기라는 이유만으로 아쉬움의 대상이 되어야 하는 허탈함을 당사자는 어떻게 지워나가야 하는 걸까.

열 번 찍어 안 넘어가는 나무도 있다. 하지만 그 어디에도 포기하고 싶다는 마음이 들 만큼 자신을 몰아세운 사람들이 쉴 곳은 없다.

어느 권투 영화에서는 말한다. 쪽팔리게 기권하는 것보다 끝까지 치열하게 싸운 패배가 더 멋진 거라고.

선수가 경기를 포기하는 데에는 많은 이유가 있을 것이다. 더 많은 이익을 위해서일 수도, 특정 상황을 모면하려는 것일 수도, 더 이상 아프고 싶지 않아서일 수도 있다.

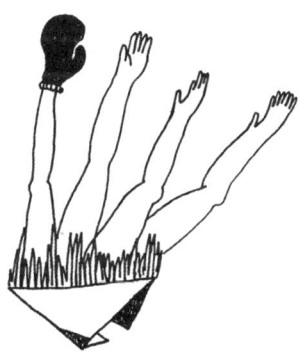

그러나 어떠한 이유로든 기권을 선택하기까지 선수가 견뎌내야 했던 번뇌와 망설임의 무게를 무시하고 '포기했으니 부끄러운 패배자'라고 치부하는 것은 너무 잔인하지 않은가.

고통은 의사보다 환자 본인이 더 잘 느끼는 것처럼 링 위에서 그만두어야 할 때 또한 코치보다 선수 스스로가 가장 잘 느낄 텐데 말이다.

포기가 실패의 상징이 아닌 '나 지금껏 많이 수고했어요'의 상징이었더라면 우리 모두 조금은 아주 조금은 덜 아프지 않았을까.

아이들의 씩씩한 웃음소리에 맞춰 입꼬리를 애써 끌어올렸다.

2009년 5월 6일. 맑음.

속눈썹은 외부의 이물질로부터 눈을 보호하기 위해 존재한다는데, 살다보니 나를 보호하기 위한 이 속눈썹이 사실 내 눈을 가장 많이 찌른다는 사실을 알게 되었다. 마치 가족 같은 녀석이다.

2009년 5월 7일. 약간 흐림.

오늘은 꿈을 꾸었다.

꿈속은 드물어진 흑백 영화의 한 장면 같은 모습이었다. 잿빛 공기를 들이마셔 봐도 목은 까슬해지지 않았다.

정처 없이 복도를 걷다보니 방이 하나 보였다. 걸음을 멈추고 방 안으로 들어가 보니 그곳에는 아이들이 앉아있었다. 다른 표정, 다른 말투였지만 하나같이 '나'를 **빼닮은** 아이들이었다. 방이 꽉 찰 만큼 많은 아이들 사이를 비집고 들어서도 아이들은 그저 가만히 앉아있을 뿐이었다.

그때, 방의 문이 열리고 빛과 함께 사람들이 들어왔다. 익숙한 얼굴들과 언젠가 마주쳤던 얼굴. 모두 타인의 얼굴이었다. 바깥에서 온 이들은 앉아있는 아이들의 손을 잡고 하나둘씩 방 밖으로 나섰다. 선택받은 아이들은 해사하게 웃으며 그들을 따라갔다.

아아, 이제 알겠다.

꿈속의 나는 고개를 끄덕였다.

엄마 아빠 하며 부부의 양팔에 매달리는 네가 '착한 자식인 나'구나. 농구공을 옆구리에 끼고 비슷한 키를 가진 이들과 쾌활하게 장난치는 네가 '유쾌한 친구인 나', 약간은 어색해 보이는 네가 '어쩌다 보니 알고 지내는 지인인 나'였던 거구나.

아이들의 뒷모습을 바라봤다. 저마다의 표정으로, 말투로, 행동으로 살아가는 '나'들. 바깥의 빛과 향을 묻히고 천천히 색을 입혀나가는 '나'들이 퍽 사랑스럽게 느껴졌다.

나는 그런 '나'들 한 명 한 명에게 보이지 않을 배웅을 했다.

방의 문이 닫히고 나는 고개를 돌렸다. 텅 빈 방에 남아 있는 저 아이는 누굴까.

 가만히 무릎에 얼굴을 묻고 있는 아이에게 다가갔다. 아이의 앞에 서서 조심스레 아이를 부르자 아이가 고개를 들었다. 아이는 창백하고 깡말라 있었다.

 우울한 '나'만이 계속, 누구에게도 선택받지 못한 채 방 안에 남아있다. 미움 받고 배척당하며 올바르게 웃는 법을 배우지 못한, 그냥 그렇게 방치된 '나'였다.

 비가 올 리 없는 방 안에서 비 냄새가 났다.

 야윈 아이의 몸이 떨렸다. 얇은 옷 틈새로 흐르는 먼지가 시간의 흐름을 알린다.

 늦어서 미안해. 지금껏 몰아세워서 미안해. 부정해서 미안해. 내가 너의 손을 잡아도 될까?

 아이에게 손을 뻗었다. 이미 돌이킬 수 없는 건 아닐까, 이번엔 네가 날 거부하면 어쩌지? 겁이 나 마른 침을 삼켰다.

 문이 열리고, 난 아이의 손을 잡고 있었다. 아직 잿빛 공기를 벗겨내지 않은, 원망하듯 날 쳐다보는 아이와 한 걸음씩 문 밖으로 걸어갔다.

 아이의 걸음은 느렸으며 걷는 게 어색한지 자주 발을 접질렸다. 아이는 떼를 잘 부리고 짜증을 쉽게 냈다. 눈치를 잘 보고 웃지도 않았다.

 하지만 이제 그런 아이가 밉지 않았다. 다른 아이들과 마찬가지로 사랑스러운 아이. 사랑스러운 '나'였기에.

 한사코 '우울한 나'를 떨쳐내려 했던 이유가 뭘까. 돌이켜 보면 우울함, 무력감보다 이런 감정을 없애야 한다는, 인생을 즐길 줄 아는 긍정적인 사람이 되어야 한다는 강박에 시달리는 것이 내겐 더 힘이 들었다.

한평생 아무에게도 사랑받지 못한 채 가엽기만 한 '나'는 없다. 누군가 '미운 나'의 손을 잡아주지 않는다면 내가 잡아주면 되지 않겠는가. 다들 손가락질하며 '소심한 나'를 괴롭힌다면 나라도 안아주면 되지 않겠는가.

'미운 나'도, '소심한 나'도 나인데.

꿈에서 깨자 익숙한 아스팔트 벽이 보였다. 잿빛 벽을 손으로 쓸어내리자 거친 질감이 생경하게 느껴졌다.

2009년 5월 8일. 약간 흐림, 이따금 비.

"얘들아, 너희들은 모두 기적이다. 어머니 뱃속에서 세상 밖으로 무사히 나온 것 자체가 기적이니까. 태어날 때부터 확률 싸움에서 승리한 너희들이 이루지 못할 건 없어. 그러니 터무니없는 꿈이라도 좋으니까 꿈을 꾸는 인생을 살아."

너희들은 모두 기적이다. 선생님이 말씀하셨다. 그날은 방학을 앞둔 초여름. 나는 시선을 밑으로 깔고 책상을 바라보았다.

모든 사람들이 본인 의사와는 상관없이 태어나는데 그것을 기적이라고 부를 수 있는 걸까.

'만약 그게 기적이라면 난 기적이 되고 싶지 않았어요.' 하고 싶은 말을 입속에서 굴리다 꿀꺽 삼켜버렸다.

매미가 시끄럽게 울어대고 운동장에서 아지랑이가 일던 그 여름날, 나는 선생님의 말을 소화시키지 못했고 그날의 체기는 아직도 나의 배 언저리를 맴돌고 있었다.

2009년 5월 9일. 하루 종일 비.

오랜만의 외출.

영화관 근처 카페에 앉아 친구들과 '다음 생엔 무엇으로 태어나고 싶은가'에 대한 얘기를 나누던 참이었다. A는 국립 공원에 사는 나무늘보로 태어나고 싶다고 답했고 B는 굳이 생명체가 아니어도 된다면 바다 깊은 곳의 돌멩이로 태어나고 싶다고 말했다.

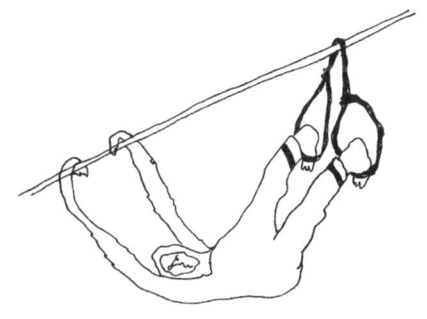

나의 차례가 왔지만 어째서인지 쉽게 대답이 나오지 않았다. 적막이 길어지자 답답한 듯 친구들이 되물었다.

"넌 다음 생에 뭐로 태어나고 싶은지 한 번도 생각해 본 적 없어?"

짧은 바깥 외출을 마치고 지긋지긋한 병실로 돌아가던 길, 친구들의 질문을 상기해 보았다. 봄날치고는 약간 쌀쌀한 밤공기에 옷깃을 여몄다.

다음 생이라니. 별로 그리고 싶지 않은 세상이었다.

애초에 살아간다는 행위 자체에 질려있었다. 사람과 사람 사이에 끼여 감정을 소비하는 것도, 불안정한 미래를 예상하려 애써야 하는 것도, 괜찮다 되뇌지만 사실 괜찮지 않은 현실도.

'더 이상은 됐어'라고 느끼는 것들이 수두룩한 세상이다. 줘도 안 가지고 싶었다.

문득 매일 밤 전등 빛에 홀려 나의 자취방으로 찾아들어 오던 무당벌레가 떠올랐다. 언제인가부터 그 무당벌레는 낮이 되어도 전등 곁을 떠나지 않았다.

미동도 없이 전등갓에 붙어 있다 밤이 오면 날개 소리를 내며 불빛으로 뛰어들던 녀석. 어느 날 그런 녀석이 이해가 되지 않아 창문을 활짝 열고 녀석의 등을 톡하고 건드렸다.

"이런 방구석 말고 바깥에 나가 놀아라."

녀석이 바닥으로 툭 떨어졌다. 살포시 녀석을 줍자 이미 말라 버린 몸통이 보였다. 자그마한 전등불에 만족했던 녀석의 삶이 이해가 되지 않았다. 더 멀리, 더 많은 것을 보고 살 수 있었을 텐데, 넌 대체 왜.

시간이 흐르고 추운 공기에서 제법 봄 냄새가 날 때 즈음 옥상 난간에 올라섰었다. 진작 잊어버린 그 무당벌레가 다시 떠오른 것도, 그 녀석의 삶의 방식이 이해하고 말고를 논할 수 있는 주제가 아니라는 것을 깨달은 것도, 발밑 풍경을 보고 숨이 멎을 것처럼 놀란 것도 한순간이었다.

멀리 날아갈 수 있는 날개가 있음에도 넓은 하늘을 등지고 전등 주위를 배회하던 녀석의 삶은 과연 부질없었을까. 문득 그런 생각이 들었다.

전등불을 바라보든 넓은 하늘을 날아다니든 사는 건 사는 거다. 살아가기 때문에, 설령 그것이 내가 바란 게 아닐지라도 이 세상에 태어나 살아왔기 때문에 그 자체로도 충분한 것이었다.

반면 죽는 것은 단지 죽는 것이다. 죽고 나면 내가 세상에 가죽을 남겼는지 이름을 남겼는지 아무것도 남기지 않았는지 알게 뭐냔 말이다.

'다음 생에 만나자', '다음 생에는 꼭'이라는 말 없이 내 인생을 끝맺고 싶어졌다. 타인의 시선이 죽어서까지 내 삶의 가치를 판단하게 두고 싶지 않았다.

"난 다음 생에는 무조건 안 태어날 거야. 대신 이번 생에 질리도록 나를 알아가며 살래." 웅얼거리던 혼잣말을 꿀꺽 삼켰다.

오늘은 비가 많이 왔고 카페는 따뜻했으며 처음 시켜본 자몽차는 혀가 아릴 정도로 달았다. 그리고 난 이날을 잊지 않을 것이다.

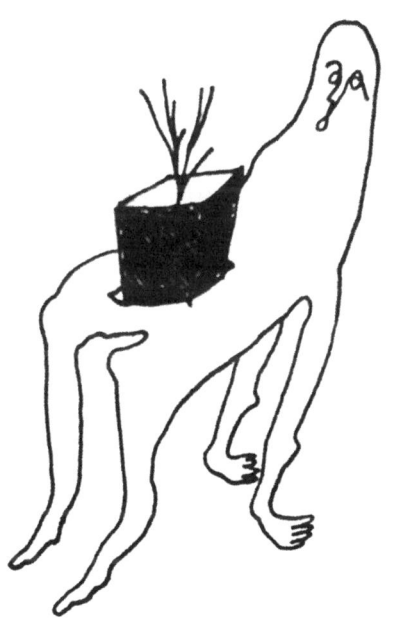

직면하는 결핍

Un jour banal de Ripper

리퍼의 평범한 하루

◆

 리퍼의 하루는 어정쩡한 체조로 시작합니다. 시원하게 기지개를 켜고 싶지만 팔이 떨어질 수도 있으니 늘 조심하는 편이죠.

 비록 하나 마나 한 체조지만 아침 햇살을 맞으며 평온하게 보내는 이 순간은 리퍼가 하루 중 가장 아끼는 시간입니다.

 체조가 끝나면 리퍼는 화로 앞에 앉아 팔을 확인합니다. 밤사이 벌어진 부위는 없는지 꼼꼼히 살피다 뜯어질 듯 위태로워 보이는 곳이 있으면 능숙한 바느질 솜씨로 깔끔하게 깁지요.

 리퍼는 공동묘지 옆 작은 창고에서 살고 있습니다. 여기저기 녹이 슬고 거미줄도 가득해 아무리 쓸고 닦아도 음침하기 짝이 없지만, 리퍼에게만은 소중한 '홈 스윗 홈'이었습니다. 음침한 외관 때문에 귀신의 집이라고 소문이 나 그 누구도 근처에 얼씬하지 않았거든요.

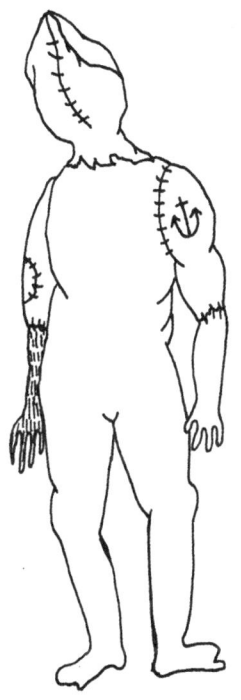

아무도 리퍼의 존재를 알지 못했습니다.
리퍼 또한 아무에게도 자신의 존재를 알리고 싶지 않았죠.

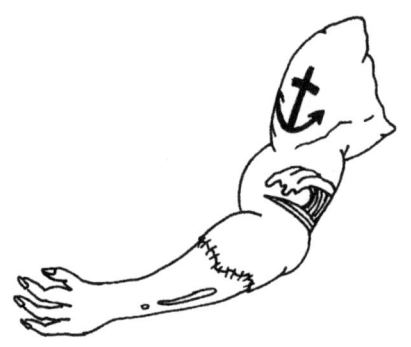

리퍼의 팔은 묘지에서 구한 여러 개의 살덩이로 이루어져있습니다. 왼쪽 팔뚝은 해군의 시체에서, 오른쪽 팔뚝은 요절한 젊은 학자의 시체에서 떼어온 것이죠.

요즘 리퍼의 가장 큰 자랑거리는 며칠 전 새로 구한 왼쪽 팔목입니다. 비록 팔뚝은 이미 뜯겨 나가 찾을 수 없었지만 부잣집 도련님의 것이었을 게 분명한 곱고 하얀 새 팔이 리퍼는 퍽 마음에 들었습니다.

하얗고 보들거리는 팔목과 우락부락 문신이 가득한 해군의 팔뚝이 엮여있으니 우스꽝스러울 법도 한데 깨진 거울에 자신의 모습을 비춰 보며 리퍼는 씨익 웃었습니다.

"브루노! 상처 하나 없는 이 팔을 좀 봐! 정말 근사하지 않아? 분명 매일 비싼 향유를 발랐을 거야!"

월월!

리퍼 옆에서 짖고 있는 이 녀석은 브루노입니다. 묘지를 뒤지던 리퍼가 발견한 귀여운 개고양이죠. 개고양이라니, 이상하게 들릴 수도 있지만 브루노는 말 그대로 개고양이입니다. 리퍼가 다 죽어가는 강아지 브루노의 머리를 근처에 있는 고양이 몸뚱어리에 붙여주었거든요.

"난 너를 키울 수 없어. 나 한 명 먹고살기도 벅차다고!"

브루노를 구해줬던 밤, 뒤를 쫄래쫄래 따라오는 녀석에 리퍼가 곤란하다는 듯 손을 휘휘 저었지만 그런 리퍼의 마음을 아는지 모르는지 이 귀여운 개고양이는 그저 꼬리를 파닥파닥 흔들며 애교를 떨었지요.

"난 몰라. 될 대로 되라지."

브루노의 능청스러운 모습에 리퍼는 결국 찬장에서 아껴둔 우유를 꺼냈습니다.

"내 집에서 살고 싶다면 쫓아내진 않을게. 하지만 앞으로 네 밥은 네가 알아서 구해야 해. 말썽을 부려도 안 되고 집안을 어지럽혀도 안 돼! 알겠어?"

리퍼의 말을 알아들었는지 브루노가 뱅글뱅글 신나게 돌아보였습니다.

그날 이후 브루노는 리퍼와 함께 창고에 머물게 되었습니다.

브루노 앞에서 보디빌더 같은 포즈를 지어보이던 리퍼가 불현듯 한숨을 푹 내쉬었습니다.

"오른쪽 팔목도 얼른 구해야 될 텐데 말이야. 이것 봐, 어제보다 더 말라비틀어진 것 같아."

리퍼의 오른쪽 팔목은 약사 노인의 무덤에서 찾은 것입니다. 살아생전 정정했던 노인이었던지라 그의 팔목 또한 꽤나 쓸 만했지만 얼마 지나지 않아 훈제 청어처럼 말라비틀어지더니 이제는 바람만 불어도 바스러질 듯 앙상해지고 말았습니다.

월! 월월!

"그래, 이제 슬슬 식사 준비를 하자."

한동안 꼼짝없이 앉아 한숨을 쉬던 리퍼는 브루노의 채근에 녀석의 머리를 두어 번 쓰다듬고서 자리에서 일어났습니다.

리퍼가 타오르는 불 위에 장작 몇 개를 던져 넣더니 먹다 남은

창자와 묘지에서 주운 마른 꽃다발, 그리고 물이 들어가 있는 찌그러진 주전자를 그 위에 올렸습니다.

"귀여운 녀석."

어느새 바퀴벌레 한 마리를 잡아 신나게 뜯어 먹고 있는 브루노를 바라보며 리퍼는 입꼬리를 씰룩거렸습니다. 얼마 지나지 않아 스튜가 끓는 근사한 소리가 들리고 주전자 주둥이에서는 치익- 하고 김이 뿜어져 나왔습니다. 리퍼는 바닥에 나뒹굴고 있는 유리컵 중 그나마 멀쩡한 것을 골라 집었습니다.

"앗, 뜨거!"

리퍼가 펄펄 끓는 스튜를 붓자, 컵으로 쏟아지는 액체의 무게를 이기지 못한 오른팔이 뚜둑 끊어졌습니다. 바닥으로 떨어진 컵은 요란스럽게 깨지고 말았지요.

사고회로가 정지된 듯 굳어있던 리퍼는 어디선가 들리는 불안한 찹찹 소리에 정신을 번쩍 차렸습니다.

"브루노! 안 돼!"

그새를 못 참고 바닥에 흐른 스튜를 핥아 먹은 브루노의 혀에는 크고 작은 유리조각이 박혀 있었습니다. 리퍼는 브루노가 유리조각을 삼키지 못하게 녀석의 혀를 잡고서 허망하게 주위를 둘러보았습니다.

"오, 이런. 멍청한 짓을 해버렸어."

창고는 끈적하고 거무죽죽한 액체와 깨진 유리 조각이 사방에 튀어 난장판이 되었고 화로 바로 옆에는 리퍼의 찢겨나간 오른쪽 팔목이 처량하게 떨어져 있었습니다.

브루노의 혀에 박힌 유리 조각을 힘겹게 빼낸 리퍼는 한시름 놓았다는 듯 숨을 들이쉬고 곧장 바닥을 쓸었습니다. 빗자루를 잡고 있는 리퍼의 뽀얀 왼쪽 팔목에 어색하게나마 힘줄이 생겼습니다.

"젠장, 하나밖에 없는 팔목이 하필 집안일에 서툰 도련님의 팔이라니! 브루노를 돌보는 것도, 비질하는 것도 두 배로 힘이 드는 기분이야. 어서 빨리 오른쪽 팔목을 구해야겠어. 일 잘하는 농부나 대장장이의 팔로다가!"

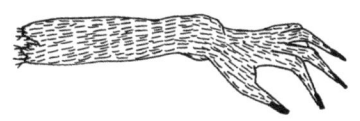

그날 밤, 올빼미도 잠들어버린 어스름한 시각에 리퍼는 공동묘지로 향했습니다. 살금살금 걸어가는 리퍼를 브루노가 요란스럽게 뒤쫓았지요.

[세인트 피렐리 공동묘지]

묘지 입구의 빛바랜 철문 위로 대리석 간판이 불안하게 매달려 있었습니다. 소름끼치는 소리로 우는 까마귀와 퀴퀴한 흙냄새, 구정물을 뒤집어 쓴 회색 쥐 떼, 이 모든 것들이 흉흉한 분위기를 자아냈습니다.

세인트 피렐리 공동묘지는 사면이 두꺼운 벽돌담으로 둘러싸여 있었습니다. 하지만 그 높이가 높지 않아 누구나 쉽게 넘어올 수 있었고 그 덕에 주변 마을에선 '세인트 피렐리 공동묘지에 안치되면 시체 빼고 다 도둑맞는다'는 소문이 공공연하게 돌았습니다.

물론 리퍼에게는 값비싼 금박 묘비보다 멀쩡한 시체가 더 구미 당기는 수확이지만요.

근처에 아무도 없음을 확인한 리퍼는 산책하는 귀족처럼 뒷짐을 진 채 여유롭게 주위를 둘러보았습니다.

"세상에나!"

그러나 여유도 잠시, 리퍼가 무언가를 발견하고는 낭패라는 듯 소리를 질렀습니다.

[주의. 고압 전류.]

공동묘지 정문 앞에는 붉은 페인트로 쓰인 섬뜩한 경고문이 박혀져 있었습니다. 경고가 허풍이 아님을 증명하듯 이따금 철조망에서 서슬 퍼런 스파크가 튀었습니다.

"분명 엊그제 저녁 재료를 가지러 왔을 때만 해도 저딴 건 없었는데! 그렇지 브루노?"

브루노는 안절부절못하며 리퍼의 주위를 맴돌았습니다.

"…어떡하긴 뭘 어떡해. 올라가야지. 이대로 살 수는 없으니까."

자신의 바짓단을 물고 늘어지는 브루노를 떼어내고서 리퍼가 애써 웃어보였습니다.

"걱정하지 마. 나 담 넘기 선수인 거 알잖아! 금방 다녀올 테니까 넌 여기서 얌전히 기다려."

브루노의 머리를 가볍게 톡톡 친 리퍼는 근처 풀숲에 숨겨둔

녹슨 사다리를 담벼락 가까이로 끌고 왔습니다.

사다리 위에 올라선 리퍼는 조심스레 담 위로 손을 얹었습니다. 제 집 드나들듯 오르내리던 곳이 이렇게 낯설게 느껴지다니. 리퍼는 아득해지는 정신을 바로잡으려 침을 꼴깍 삼켰습니다.

"괜찮아. 아무 일 없을 거야."

끔찍한 소리를 내며 묘지 위를 날아다니던 까마귀도, 부패된 짐승의 시체를 게걸스레 뜯어 먹던 쥐 떼들도 모두들 숨을 죽이고 리퍼를 바라보았습니다.

철조망에 닿지 않고 몸을 반쯤 올리는데 성공한 리퍼는 왼발을 담벼락 위로 올리기 위해 몸을 살짝 숙였습니다.

"악!"

그 순간, 리퍼의 어수룩한 왼쪽 팔목이 삐끗하더니 그대로 철조망에 닿고 말았습니다.

파지직.

리퍼의 몸은 전류가 흘러 번쩍였고 브루노의 절규 어린 울음이 밤하늘을 가득 채웠습니다. 이 모든 게 눈 깜짝할 사이에 일어난 일이었죠. 철조망 전류에 불타버린 리퍼의 몸뚱어리는 바닥으로 고꾸라지며 깨져버린 컵처럼 여기저기 흩어져 버렸습니다.

 아직까지 타고 있는 왼팔과 완전히 재가 되어버린 오른팔, 그리고 그 옆에는 찢어진 채 엉망진창 쌓여 있는 두 다리가 있었습니다. 그나마 멀쩡한 머리는 풀숲 위에 덩그러니 떨어져 있었지요.

타들어가는 리퍼의 팔을 보며 브루노는 길고 낮게 울었습니다. 그 소리가 어찌나 구슬픈지 밤하늘도 덩달아 눈물 흘릴 정도였습니다.

 불씨들은 갑자기 쏟아지는 빗줄기에 몸을 사렸습니다. 까마귀가 날갯짓으로 바람을 일으켜 남아있던 작은 불씨들마저 쫓아내자 쥐 떼는 어디선가 구해 온 덩굴과 낚시 바늘로 리퍼의 머리와 타다만 왼팔을 꿰매주었습니다.

 "으윽, 머리 아파!"

 서투르지만 그렇다고 나쁘지도 않은 바느질이 끝나갈 즈음, 반가운 목소리가 들려왔습니다. 브루노는 익숙한 그 목소리에 목청 높여 화답했죠.

월월!

"소란 피우면 못 써, 브루노. 그렇게 시끄럽게 굴면 들키고 말 거야!"

브루노는 타박을 받든 말든 그저 열심히 리퍼의 얼굴을 핥아주었습니다. 리퍼의 얼굴에 있던 그을음이 멀끔히 사라질 때까지요.

"두개골이 쩍 하고 갈라지는 기분이었냐고? 음, 얼추 비슷한 것 같아. 끔찍하게 따끔하더라고. 아직도 머리가 지진 난 것처럼 울린다니까? 이 세상에 나보다 더 짜릿한 경험을 해본 녀석은 없을 거야. 아끼던 왼팔이 그을려 버렸지만 그래도… 오, 이런."

리퍼는 신나게 무용담을 펼치다 말고 그제야 눈에 들어온 자신의 꼴에 울상을 지었습니다.

"곤란하게 됐어. 이젠 온몸을 다 구해야 할 판인데 다리가 다 타버려서 움직일 수도 없잖아!"

덩달아 시무룩해진 브루노가 별안간 좋은 생각이 났는지 빠른 속도로 자신의 꼬리를 흔들었습니다. 브루노는 몸을 숙여 땅 위에 바짝 붙인 채 리퍼를 향해 짖었습니다.

"말도 안 돼! 얼마 못 가 금방 지치고 말 거야."

리퍼가 황당하다는 듯 만류해 봐도 브루노는 자신의 몸을 더욱 더 낮추고 그 자리에서 꼼짝없이 기다릴 뿐이었습니다.

"요란하고 고집스러운 개고양이 같으니."

고집스러운 녀석의 모습에 리퍼는 결국 백기를 들었습니다. 리퍼는 농구공처럼 통통 튀어 브루노의 등에 올라탔습니다.

"이제 어디로 갈까?"

월!

"음, 좋은 생각이야, 브루노. 확실히 아랫마을에는 큰 공동묘지가 많으니까. 온전한 시체를 통으로 찾을 수 있을지도 몰라. 그럼 더 이상 팔이 떨어질까 노심초사하지 않아도 되지 않겠어?"

월!

"이참에 마을에서 수선 집을 열어도 괜찮을 것 같은데…. 난 바느질을 잘하니까. 기다란 코트를 입고 얼굴 가죽까지 뜯어 붙이면 완벽할 거야. 그렇지?"

리퍼는 브루노 위에서 중심을 잡으며 말을 이었습니다.

"그래도 다행이야. 챙겨 가야 할 짐이 없으니까. 집을 두고 가는 건 조금 아깝지만 어쩌겠어."

월!

"맞아. 어디든 우리가 지낼 곳 하나 정도는 있겠지."

까마귀와 쥐 떼의 배웅을 뒤로하고 리퍼가 휘파람을 불자 브루노가 엉덩이를 들썩이며 앞을 향해 나아갔습니다. 브루노의 꼬리는 정처 없이 떠도는 신세라고 볼 수 없을 정도로 들떠 보였습니다.

그들의 뒷모습이 점차 작아지고 리퍼의 신나는 허밍마저 들리지 않게 되자 어느새 지평선 너머로 주황빛 해가 고개를 들고 있었습니다.

산처럼 쌓인 팔다리

C'est votre tour

당신의 차례

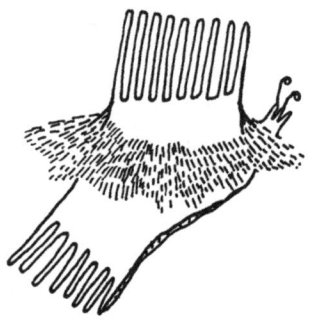

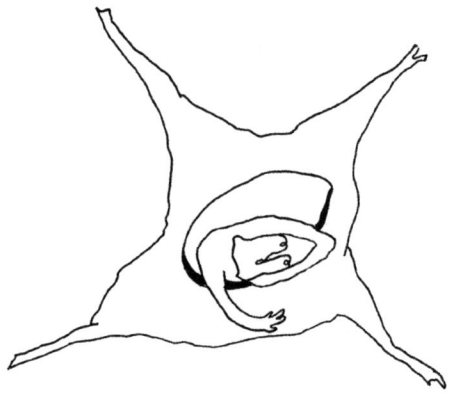

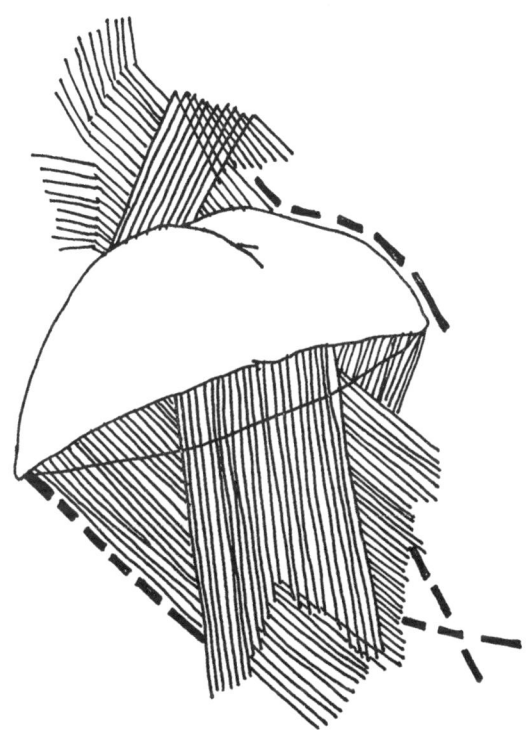

리퍼의 평범한 하루

1판 1쇄 2022년 1월 10일

지은이 JÉJÉ LIU
발행인 김서울
편집인 김영
펴낸곳 검은펜
등록번호 제2017-000055호
등록일자 2017년 09월 15일
전자우편 knifeequalspen@gmail.com

ⓒ JÉJÉ LIU 2022
ISBN 979-11-962010-5-0